NOVELAS
nada exemplares

Obras do autor

234
33 contos escolhidos
Abismo de rosas
Ah, é?
Arara bêbada
Capitu sou eu
Cemitério de elefantes
Chorinho brejeiro
Contos eróticos
Crimes de paixão
Desastres de amor
Dinorá
Em busca de Curitiba perdida
Essas malditas mulheres
A faca no coração
Guerra conjugal
Lincha tarado
Macho não ganha flor
O maníaco do olho verde
Meu querido assassino
Mistérios de Curitiba
Morte na praça
Novelas nada exemplares
Pão e sangue
O pássaro de cinco asas
Pico na veia
A polaquinha
O rei da terra
Rita Ritinha Ritona
A trombeta do anjo vingador
O vampiro de Curitiba
Virgem louca, loucos beijos

DALTON TREVISAN

NOVELAS
nada exemplares

8ª EDIÇÃO

EDITORA RECORD
RIO DE JANEIRO • SÃO PAULO
2009

CIP-Brasil. Catalogação-na-fonte
Sindicato Nacional dos Editores de Livros, RJ.

T739n
8ª ed.
Trevisan, Dalton,
   Novelas nada exemplares / Dalton Trevisan –
8ª ed. rev. – Rio de Janeiro: Record, 2009.

   1. Contos brasileiros. I. Título.

79-0578
CDD – 869.9301
CDU – 869.0(81)-34

Copyright © 1979 by Dalton Trevisan

Desenhos de capa: Poty

Direitos exclusivos desta edição reservados pela
EDITORA RECORD LTDA.
Rua Argentina 171 – 20921-380 – Rio de Janeiro, RJ – Tel.: 2585-2000

Impresso no Brasil

ISBN 978-85-01-01542-6

PEDIDOS PELO REEMBOLSO POSTAL
Caixa Postal 23.052
Rio de Janeiro, RJ – 20922-970

EDITORA AFILIADA

Sumário

Pedrinho   7

No Beco   15

O Morto na Sala   31

Gigi   39

Os Meninos   43

Tio Galileu   47

Pensão Nápoles   51

Boa-Noite, Senhor   55

Chuva   59

O Noivo   65

Valsa de Esquina   75

O Convidado   79

Idílio   85

João e Maria   89

A Velha Querida   97

Asa da Ema   111

O Domingo   119

A Aranha   129

Ponto de Crochê   135
João Nicolau   139
Quarto de Hotel   145
Às Três da Manhã   151
As Maçãs   155
A Sopa   161
Olho de Peixe   167
Noites de Amor em Granada   173
Meu Avô   179
O Autógrafo   183
Últimos Dias   201
Penélope   215

Pedrinho

O menino puxou a saia da mãe e queixou-se da dorzinha de cabeça. Ora, que fosse brincar com o irmão; brincando, a dor passava. Ela já se atrasara com o jantar.

Reuniu-se a família em volta da mesa.

— Onde está o Pedrinho? — perguntou o pai.

— Brincando lá fora — a mulher respondeu.

— Não com a gente — acudiu o irmão.

A mãe chegou à janela:

— Vizinha, não viu o Pedrinho?

Voltando do quarto, o irmão contou que Pedrinho estava lá, no escuro, ele o maior medroso da família.

— De sapato na cama, filho!

O menino tinha o olho aberto no escuro. O pai acendeu a luz, alisou-lhe o cabelo, descalçou o sapato de sola furada.

— Queria um sapato de tênis, pai.

— Depois eu compro. Você tem dor?

— Um pouco.

— Sua mãe traz uma sopinha.

Choramingou que não, o olho fixo na lâmpada.

— Não olhe para a luz, meu filho!

O menino pediu que a apagasse.

— Não tem medo?

Sábado frio, de garoa. O pai carregou Pedrinho nos braços até a farmácia da esquina. Resfriado, sentenciava o farmacêutico, depois de espiar a língua do menino. Receitou xarope, uma colher cada duas horas.

Domingo Pedrinho não quis sair da cama. O irmão cansou de puxar-lhe o cabelo, nem chorou. O pai abriu a janela.

— Brincar, Pedrinho?

Gemeu baixinho que não.

— Ainda dor de cabeça?

— Pouquinho só.

— Que conte uma história?

O menino demorava o olho na lâmpada apagada. Não fez nem uma pergunta, prova de que não escutava. Lá fora o irmão corria, aos gritos.

No almoço tomou sopinha, à tarde cochilou. A mãe costurava ao lado da janela e, para saber a hora do xarope, ia olhar o relógio na sala. O relógio antes no quarto, até que o menino fez sinal com a mão — de um dia para outro muito branca.

— O relógio, mãe. Dói...

Doía o tique-taque na cabeça. A mãe afastou o relógio e, de duas em duas horas, dava a Pedrinho uma colher do segundo vidro de xarope. O menino fixava a lâmpada.

Da cozinha a mãe ouviu que a chamava:

— Água, mãe. Água.

— Dói a cabeça, meu filho?

Que sim com a pálpebra, baixando-a no olho vazio. Tateava distraído no ar. Ela dirigiu-lhe a mão, que se fechou no copo.

Acesa a luz, Pedrinho choramingava. Foi enrolada uma folha de papel ao redor da lâmpada. O pai bateu na porta da farmácia. O menino não estava bem, muita febre, aquela dorzinha de cabeça.

— Não é nada — disse o farmacêutico. — É gripe. Bem atacado da minha bronquite — e começou a tossir, a mão na boca desdentada.

Dia seguinte o menino não quis almoçar. A mãe punha-lhe o copo na mão: ele bebia, olho fechado. Da cozinha ela ouviu:

— André, me dá a bolinha. Mãe, olha o André.

Chegou à porta, o pano de prato na mão.

— Que é, meu filho?

— Nada, mãe.

— Seu irmão aqui no quarto?

— Não, mãezinha. Brincadeira.

A mulher voltou para a cozinha.

— André, dá minha bolinha. Mãe, o André não quer. André me puxando o cabelo, mãe.

Correu até a esquina, veio com o farmacêutico.

— Seu Juca, não acha que pode ser...

— Que esperança, dona!

Ergueu com cuidado a cabeça do menino.

— Ele gemeu?

— Não.

— A senhora viu. Se fosse aquela doença, gritava de dor.

— Não pára de gemer, o tadinho.

Às seis horas, de volta do emprego, o pai entrou no quarto.

— Ele gemeu o dia inteiro — advertiu a mulher.

— Que tem o meu hominho?

— Dor, pai.

— Já passa, meu filho.

Não se mexia na cama, muito grande para ele, olho aberto no escuro. Choramingava, ainda dormindo. O pai saltava da cadeira, vinha afagar-lhe a cabeça: pegava fogo.

De manhã pediu as bolinhas coloridas de vidro. Bulia com elas debaixo do lençol.

Tornando do emprego, o pai viu da esquina os vizinhos diante da casa.

— Que demorou tanto, homem de Deus?

A mulher chorava de pé, a cabeça apoiada na parede. Uma vizinha esfregava vinagre nos pulsos do menino desmaiado. Debruçou-se o pai na cama — a criança virou o branco do olho.

— Pedrinho. Pedrinho.

Rilhava os dentes que nem ataque de bichas. Roxo de tanto se retorcer, o corpo em arco da nuca ao calcanhar. Depois de cada convulsão fechava penosamente o olho.

Uma mosca veio importuná-lo, retirou a mão da coberta a fim de espantá-la. Ela corria pelo rosto, o menino dava tapas na orelha. O pai alisou-lhe o cabelo, sem ver a mosca.

— Psiu, psiu... Durma, filhinho.

Com sede, o piá estalava os lábios. A gemer, não deixou que lhe inclinassem a cabeça, rolando-a no travesseiro. Fechava a mão vazia sem alcançar o copo. Súbito um pulo na cama.

— Variando, o pobre — disse a vizinha.

Aquela mosca tornou a voar, ele a espantava com a mão livre. O pai segurou-lhe os dedos.

— Psiu, psiu.

A mãe foi erguer-lhe a cabeça e Pedrinho gritou. De noite, a criança de olho perdido na lâmpada. Com o abajur de papel verde, não lhe doía o olho. A mulher saiu do quarto, o pai abanou a mão diante do rosto de Pedrinho: estava cego.

Às onze horas o menino voltou a gemer.

— Tem dodói, meu filho?

Rígido na cama, olho preso na lâmpada. O pai chamou a mulher; assim que viu o filho, ela começou a chorar. Debatia-se com a mão livre, um gemido lá no fundo. Engolindo em seco, agitava a cabeça no travesseiro molhado de suor. A boca torta queria morder a orelha como um cachorrinho morde as pulgas.

A mãe rezava de joelho ao lado da cama. Pedrinho de olho parado. Ela soltou um grito:

— Morreu... Meu filhinho morreu!

— Não chore, mulher. Sou o pai, não estou chorando.

O pai deu-lhe banho, com um parente. O menino permaneceu duro sobre a bacia, não se deixou sentar na água. Depois a mãe vestiu-o, nem era domingo: calça azul, blusa branca, paletó de homenzinho. Não calçou o velho sapato. Abraçou-se com ele, que fosse enterrada no mesmo caixão — o filho tinha medo do escuro.

O pai comprou o sapato dois números maiores (nessa idade eles crescem tão depressa). Com o embrulho no braço viu, entre quatro velas acesas, o piá que dormia sobre a mesa. Enfiou no pezinho frio o tênis branco. Ao pentear-lhe o loiro cabelo, a cabeça ainda em fogo. Encolheu-se no canto, acendeu um cigarro. Caiu-lhe o cigarro da boca e partiu-se o coração em sete pedaços.

No Beco

Uma luz no beco — a janela do quarto de Joana. Debaixo dela, eu podia ser visto pelo Tibério. Fazia luar, deitei-me de costas à sombra do muro.

— Não faça isso. Não quero!

— Por que, Joana?

Penteava-me o cabelo, molhando na língua a ponta dos dedos.

— Tem estrela no céu.

— Ué, bobo. Nunca viu?

— Deixa ver a lua, Joana.

Uma em cada olho.

— Dorme só no quarto?

— Com meus irmãos.

— De camisola?

— Quer saber por quê?

— Sem nada?

Pulando a janela vinha nua debaixo do vestido.

— Credo! Um vestido velho.

Levou-me pela mão, coçava a perna da mordida de formiga.

— Ver uma coisa.

— Não. Aqui não.

— Bobo.

Um peixe branquinho do rio, tirou o seio do vestido.

— Ih! Cada olho...

O beicinho tremia:

— Beije aqui.

Não beijei o pé descalço.

Rondei o beco. Clarão da porta aberta na cozinha. Tibério surgiu, me deitei na sombra.

— Que fazendo aí, menina?

— Nada, pai.

— ...

— Vendo o luar, credo!

— Recolha-se.

Ele tossiu, atirou o cigarro para o ar, deixou a porta aberta. Apanhei-o, antes que apagasse, ladrão de fogo.

Esperei na chuva. Eu e o poste da esquina. A janela fechada, chamava baixinho a alma de cobra. Uma hora depois a janela abriu-se.

— Fumou ontem à noite, anjo?
— Não.
— Jura?
— Por Deus.
— E hoje?
— Fumei uma vez.
— Quando, anjo?
— De tarde. Depois que te vi.
— Em que lugar?
— No meu quarto.
— Fechou a janela?
— Não, só a vidraça.
— E a porta?
— Claro.
— O sol batia na cama?
— Batia.
— Tirou o sapatinho, amor?
— Sim.
— Pensou em quem?
— Você.
— Onde?
— No meu quarto.
— De dia ou de noite?

— De noite.

— Entrei por onde?

— A janela da cozinha.

— Teus pais?

— No cinema.

— E as crianças?

— Dormindo.

Outra vez na capela. Carão vermelho, gritei que me enganava. Lá na sortista, o seboso valete de paus era o outro, com quem me traía.

— É falatório, João.

Bastava dizer João, eu beijava o sexto dedo do pé.

— Foge comigo, anjo?

Com a cabeça que sim, entre o sinal-da-cruz, o padre a espionava.

Não vinha à janela. Ora o Tibério, ora a costura, ora os irmãos menores, cantava para que dormissem. Em vez de ir embora, eu olhava a janela fechada.

Uma semana não apareceu. Se ela morresse eu subia de joelho os degraus da igreja. Na rua, não me viu, fez que não viu. Enfiei uma agulha no seu retrato — o sangue pingou da minha mão. Uma noite, Joana estava na janela, parecia triste e só.

— Bem ali, João, você atirou um cigarro.

— Quando, anjo?

— Dia 22.

— Caiu no mesmo lugar?

— Sim. À noite, para matar a saudade eu olhava o cigarrinho.

— Ele ficou tempo?

— Uns sete dias. Uma noite choveu, a água levou. Tão sozinha — você que foi embora.

Uma cabeça de mulher a sombra do poste na janela. O vento chamava no beco o seu nome. Bater na porta, sacudir o Tibério.

Viu-me sob o poste feito um relógio de sol. Tinha um sorriso que me matava.

— Dormiu, não é?

— Fiquei com medo.

— Do quê?

— Meu pai.

Ria, a ingrata.

— É o fim. Se não for ao meu quarto. Se for, creio no teu amor. Se não... morreu para mim.

Falsa até no brilho do olho: de dia verde, de noite, preto.

— Baixe o rosto. Te deixo um beijo.

O rosto da lua sobre os telhados.

— É o beijo do adeus.

— ...

— O último?

Levou a mão ao peito assim doesse.

— Não sabe?

— Não, João. Não é.

Abriu o vestido amarelo, espirrou o seio duro de frio. Eis a vaca velha da Úrsula que chamava.

— O destino marcou a nossa vida, Joana.

Às duas horas dormi, de tanto sono, fui acordado com batidas na janela. Olhei pela vidraça: era ela.

— Pensei que não viesse.

Ela, muda.

— Sabe que horas?

— Mais ou menos.

— Três e meia.

— ...

— Alguém te viu?

— Dois soldados.

— Quando pulou a janela?

Descalça pela casa sem acordar o Tibério. Tirou a blusa de pelúcia e o vestidinho verde, era novo. Sob o lençol, fiquei nu — me chamou de gorducho.

Quatro horas a convidei para sair. Pediu que a seguisse, medo dos soldados. Não ventava mais, não se via uma estrela.

— Ó, João!
— Que é, anjo?
— Gosta do meu vestido?
— É bonito.
— Quer uma bala de gosto ruim?
— Sim, anjo.
— Agora me quer bem?

Alcançou a janela. De costas, me afastando aos poucos. Chupei a bala, gosto ruim mesmo. Dei adeus, atirei beijos no ar, cuspi a bala.

— Vou de noite a tua casa.
— Que horas?
— Entre uma e duas.

Com ela podiam vir o Tibério e a Úrsula. Para não dormir, sentado na cama, ouvindo a música do cinema, a bulha do vento no beco. Vez em quando, entre a lamúria dos sapos, um bêbado gritava na rua. A uma em ponto, Joana empurrou a porta, ali no meio do quarto.

— Gente na rua?
— Tinha.
— Te viram?
— Não.
— Onde estavam?
— Caminhando na frente.
— Quem?
— Uns homens.
— Quando abriu a porta não olharam para trás?
— Acho que não.
— Acho que não... Você é louca, Joana. Por onde saiu?
— Porta da cozinha.
— Não pulou a janela?
— Muito barulho.
— Deixou a porta aberta?

Eu sentado na cama. Joana dispunha a roupa na cadeira.

— Fechei com um cavaco.
— Barbaridade! Se o vento der na porta?
— Ela abre.

— E abrindo?
— Os cachorros entram.
— Teus irmãos choram?
— Mamãe acorda.

Meu Deus, a Úrsula.

— Teu pai se levanta?
— É capaz.
— Nunca vi maior loucura!
— ...
— Você ri? Bem louca.

Eis que ouvi, ela também, duas batidas na porta. Apaguei depressa a vela.

— Vista-se, Joana.
— ...
— Não faça barulho.

Tibério batia na porta. Saímos pelos fundos, descemos correndo o beco. Os sapos suspendiam o choro na poça. Ela me beijou a boca, o olho, o nariz, contando um, dois, três. Voltei para casa. Vi de longe, na praça, um homem. De capa cinza, era alto.

Insinuando-se na casa, ela ouviu barulho no corredor. Agachou-se atrás do barril: era o Tibério. Em cueca pela cozinha, bebeu água e foi dormir.

— Não veio à janela. Foi ao circo?
— Eu tinha dinheiro?
— Pediu à tua mãe.
— Coitada.
— O Tibério?
— Também não.
— Onde foram os cobres?
— Armazém.
— Dinheiro não há?
— ...
— Quer que eu dê?
— Não.
— Vergonha?
— Não.
— Medo de tua mãe?
— É.
Escondeu o dinheiro no corpinho.
— Quero ver.
Livrou o seio por cima do vestido.
— Estou vendo.
— ...
— É bonito.
— ...

— Pode guardar.

Joana ganhou almofada verde da Úrsula, já não machuca o cotovelo.

— Foi ao circo, anjo?
— Não.
— Ficou na janela?
— Fiquei.
— Fazendo o quê?
— Chorando.
— Por causa?
— Meu irmãozinho.
— Que morreu?
— É.
— Saudade?
— Sim — chorando no sorriso.

Esse irmão morreu com seis anos em Antonina. Noite passada a Úrsula falou nele. Joana saiu da mesa, fechou-se no quarto e chorou. Chovia, uma vela estalava no quartinho.

O trem partia da estação. Com ele, disse eu, se iam as dores.

— Esse trem sou eu, Joana.

A cara de Joana quebrou-se de choro. Esfregava o nariz, as lágrimas saltavam por entre os dedos.

— Quero dinheiro.

— Para quê?

— Gastar.

Eu corria sob a chuva, dei com ela atrás da vidraça. Fingi ter esquecido o dinheiro e voltei. Abriu a janela e me chamou. Joana disse o meu nome, parou de chover. Ergueu o vestido para que eu visse, e eu vi.

Fazia luar, Joana cantava na janela. Não sabia que eu estava ali, mas cantava para mim. Com o cigarro na concha da mão para o Tibério não ver a brasinha. O luar tão forte que, ao pé do muro, o Tibério me viu. Desci o beco e Joana cantava sem me ver — eu girava em torno dela, peixe morto boiando sem poder afundar.

"Em Curitiba no ano de 1948 ou 49, não me lembro bem, João eu não sei se foi no ano de 1948 ou 49 que um homem veio lá em casa com desculpa de namorar minha tia. Ele se chamava Ezequiel, não sei qual é o sobrenome nem interessa saber. Minha tia não o queria, era um homem feio, além disso sem profissão. Fiquei gostando dele porque deixou um rádio lá em casa.

Certo dia ele apareceu com um auto. Disse a meus pais que ia passear com meu irmãozinho. Meus pais deixaram. Eu fui na frente com ele, meu irmão atrás. Ele nos levou a uma rua deserta e parou a lata velha, é como dizem para esse tipo de carro. Ele pediu a meu irmão que se deitasse porque outro homem ia passar por ali. O outro homem não gostava de criança. Daí perguntou qual era meu nome, Joana eu disse, quantos anos você tem, oito anos eu disse, você quer uma boneca de cachinho, quero eu disse. Ele prometeu todas as bonecas de cachinho se eu não gritasse.

E isso repetiu-se algumas vezes. Uma tarde ele pediu a minha mãe para dar um passeio e ela deixou. Foi tudo mentira, me levou na casa onde morava. Me deitava na cama, dizia que era a filhinha dele, chamada Rita como a minha tia. Como é teu nome, ele perguntava, Rita eu dizia. Na casa dele ia sempre de dia.

Eu lembro que nunca me beijou na boca. Certa vez foi no quarto. Não foi na cama e sim no guarda-roupa. Me arrumou em pé com a porta aberta, de maneira que fiquei da altura dele.

Mudamos para Antonina. Ele foi lá um ano depois. Numa tarde em que meu pai andava na rua.

Estava só a mãe, meu irmão e eu. Conversou um pouco, minha mãe foi fazer café. Eu, meu irmão e ele ficamos na sala. Me pôs no colo, abriu um jornal, mandou que eu lesse. Bem o meu irmão ficou desconfiado dos movimentos que ele fez.

Papai foi embora para o mar. Minha tia casou com outro. O tal nunca mais foi lá em casa, não sei se morreu. O nome dele é Ezequiel."

— Eu vou a tua casa.

— Muito frio.

— Não faz mal.

— Se tiver gente na rua, não vá.

Atiramos beijo um para o outro, voltei para casa. Perdi o sono, dormi às quatro da manhã. Joana não veio, sonhando na janela com o Ezequiel.

Ao lhe beijar o pezinho, disse que não queria. Os cachorros arranhando a porta podiam acordar o Tibério. Mas eu sei: esteve com o Ezequiel no guarda-roupa, a Úrsula fazia café para os dois.

Ouvi a música do cinema. Joana entrou em casa com a mãe. Fui para o poste, ela abriu a janela.

— Que você fez?

— Nada.

— Conversou com alguém?
— Ninguém.
— Medo?
— Não.
— Frio?
— Sim.
— E hoje?
— Quer que eu vá?

À espreita no beco. Não apareceu ninguém. Úrsula avisou pelos fundos ao Ezequiel que não viesse.

Alguém bateu na janela, era a chuva e fui dormir, quando seus dedos arranharam o vidro, eu tremia de pé na cama, ouvindo a chuva lá na calçada.

Joana largou o chinelo molhado na porta. Casaco azul, vestidinho de pelúcia, sorriso na boca pintada. Nuazinha, a enrolar o cacho na testa. Eu lhe apertava o nariz, mordia a bochecha, meu dente ali no pescoço. Medo do silêncio, Joana tinha a mão na boca. Sentado à beira da cama, cuspia no soalho:

— O teu amor eu cuspo! Hei de arrancar o coração. Jogá-lo para os cachorros do Tibério.

Não podia ver a cara de Joana, escondida pelo cabelo.

— Quanto?

— ...

— Vista-se.

Com que pagar o casaco azul.

— Você ouviu, João?

Em pânico sentados na cama. O suor escorrendo por entre os dedos. Outra vez o assobio lá fora.

— É o Ezequiel, Joana?

Vinha do beco, era assobio de homem.

O Morto na Sala

Estendida na cama, olho aberto, mão cruzada no peito, imitava o outro lá na sala. A tarde passou depressa — grande novidade o defunto. Sem a eterna discussão entre ele e a mãe: de quem Ivete era filha? Escutou a mãe que aflita se coçava, o estalido da unha na meia de seda. Lembrou o gesto do visitante que admirava o finado e batia na barra da calça: cada morto é uma flor de cheiro diferente.

A noite estremecia a cortina da janela, arrepiava-lhe o braço nu, sem que ela apanhasse o cobertor ao pé da cama. Sentia a fragrância das flores murchas e das quatro velas — ao piscar do pavio as sombras investiam porta adentro. E, sob todos os cheiros, o daquele homem. Lá no caixão, o lenço branco no queixo, exalava.

A mãe arrastou o chinelo, eis o odor que, por um instante, abafou os demais — queimava incenso. Mais fácil morrer do que se livrar do cadáver. O enterro só na manhã seguinte, a catinga difundia-se furtivamente pela casa, impregnava as cortinas, entranhava-se nas unhas de Ivete. O visitante batera em vão na calça, forçoso mandá-la ao tintureiro.

Não se conformava o morto em deixar a casa: no cinzeiro a cinza do cigarro, o paletó retinha o suor do corpo. Como esconder o chapéu ali no cabide, seu chapéu de aba dobrada pelas mãos agora amarelas e cruzadas no peito? Diante da janela, se a menina erguesse a cabeça, enxergaria o pijama no varal — o seu pijama listado, com manchas que rio nenhum pode lavar. No espelho — se fosse olhar — daria com o seu rosto lívido.

Da mãe não era o chinelo que estalava na sala e sim o dele, quando ia encostar-se à porta, surpreender o diálogo de Ivete com o namorado no corredor. Súbito a cadeira de balanço voltaria a mover-se, ao menor sopro de lembrança — o assento de palha afundado pelo seu peso. Mais que varresse a casa, a menina recolhia palitos quebrados: sempre de palito na boca e, depois de esgravatar os dentes podres, riscava lascivamente a narina peluda. Enrolava bolinhas de pão nos dedos, despedia-as com piparote. Ivete as encontrava nas dobras do guardanapo, entre as folhas da avenca, na moldura da Santa Ceia.

Muito custara a morrer, embalando-se meses a fio na cadeira, o peito aberto por causa do calor, de cabelos tão compridos que se enrolavam, grisalhos e crespos.

— Essa menina não tem coração — queixava-se para a mulher. — Olha para mim como quem diz: *Por que não morre?*

Caixeiro-viajante, que não se demorava em casa, voltou um dia para morrer. Envergou o pijama listado, arrastava-se lamuriento de um a outro cômodo. Denunciado pelo chinelo de feltro, ia coser-se à porta. Espionava os amores de Ivete. A menina tossia para avisá-lo e, ao entrar, deparava com ele na cadeira de balanço. Sua pobre vingança eram os sapatos. Para que os engraxar se nunca mais... Ivete deixava-os brilhantes, sem que ele se desse por satisfeito. E reapareciam imundos os sapatos não usados. Lá estavam agora, em fila sobre o guarda-roupa. Se a mãe os oferecesse ao leiteiro e ao padeiro, o morto voltaria a subir a escada — a menina reconheceria os passos.

Uma tarde em que Ivete espanava os móveis, calça arregaçada no joelho. Reparou que ele olhava a sua perna. Imaginou que pensasse: "Essa menina de perna tão magra..." De soslaio atrás do jornal — tremia tanto que nem podia ler. Até que o abaixou, gritando que não andasse nua pela casa:

— Vá cobrir essa perna. Ainda se fosse bonita!

Tinha treze anos e, desde a volta do viajante, não saía de casa senão para o colégio. Ela e a mãe prisioneiras do hóspede, com suas meias de lã, apesar do verão, as bolinhas de miolo na toalha, os palitos mordidos pelos cantos.

— Nervoso da doença — suplicava-lhe a mãe. — Paciência, por favor!

Ivete preparava as lições na sala. Ele cochilava ou lia o jornal, a mãe lidava na cozinha. Cabeça baixa, sentia que a penugem do braço se arrepiava: o olho dele. Não dormia — ninguém dorme com a pálpebra latejante. Não lia a notícia — quem pode ler se não pára quieto?

Fumava escondida no quarto — o rangido da cadeira não a deixa estudar. O homem, que mal se arrastava agarrado aos móveis, bateu na porta. Bateu com tanta força que a menina sentiu medo e abriu: ali o cigarro, ainda aceso, no chão. Com a brasa queimou o braço de Ivete. Uma cara tão terrível que ela não se atreveu a chamar a mãe.

— Não grite, sua safadinha. Eu te mato!

Usava manga comprida, de maneira a esconder as loucas feridas. Às refeições, o outro não lhe despregava o olho. A mãe, entre os dois, comia em sossego.

Quando ele não podia mais (agitava-se a cadeira em grande fúria, por que não saía, meu Deus, voando pela janela?), girava de mansinho a maçaneta. Ivete sabia quem era e abria a porta... Ele trazia o cigarro na mão. Erguia-lhe aos poucos a manga e a menina, sem gritar, mordia o lábio com toda a força. Suportava o cigarro até que se desfazia entre as unhas roídas do homem.

À noite era despertada com a discussão no outro quarto. Ele viajara durante anos, acusava a mulher de mil amantes. O que fazia a menina na sua casa — quem era o pai? A pobre jurava, entre soluços, que era fiel. Ivete examinava-se ao espelho. Estranho, era o retrato do homem: cabelo bem preto, a grande boca rasgada.

Pediu-lhe a mãe servisse chá para o hóspede; desenganado, teria poucos dias de vida. Ivete apiedou-se e levou a bandeja — um triste velho com medo de morrer.

Antes de finar-se, que o perdoasse, um beijo na testa. Assim que ela baixou a cabeça, agarrou-a de repente, beijou perdidamente na boca. Foi pior que a ferida do cigarro.

Ele deixava a cama apoiado à mulher, abatia-se na cadeira de balanço — nem para mover a cadeira tinha força. No corpo imobilizado os olhos perseguiam a menina. Jamais ela entrou no quarto, nem a mãe perguntou por quê. Ao vê-la fora do seu alcance, aos berros.

— Quem é teu pai? Entre os amantes de tua mãe quem foi? Confesse o nome. Venha cá, sua safadinha!

De vingança a menina começou a se pintar. Assobiava o namorado no portão e, àquele sinal, a cadeira silenciava — o viajante suspendia o vôo alucinado. Do corredor escuro, Ivete podia imaginá-lo, o pescoço retorcido, buscando em vão distinguir as vozes. Ria-se alto para que ouvisse através da porta. O namorado perguntava se estava louca. Na volta, o lábio sem batom, cruzava devagar a sala. Que o homem preso na cadeira atentasse no vestido amarfanhado.

Ivete acordava com os gritos. Ele não dormia, abraçado à cadeira, sempre a queixar-se. A mulher ficava-o balouçando, ele pedia o nome do outro. Com insônia e com dor, o moribundo cavalgava sua barca. No quarto a menina só dormia com a luz acesa — à espera do sono, rezava que ele morresse.

O namorado assobiou no corredor. Ivete foi ao seu encontro. O homem do pijama listado agonizava... Ficaram se beijando até que a mãe veio buscá-la: em todos os beijos sentiu o bigode. E, deitada na cama, a mão cruzada no peito, brincando de morta, o coração a saltar de alegria, adormeceu. Eis o homem que se erguia do caixão e entrava no quarto:

— Está fazendo, safadinha?
— Dormindo.
— Não tem prova de Matemática?
— Tenho, sim.
— Por que não vai estudar?
— O senhor morreu, pai. Estou livre do exame.

Ivete acordou com as vozes. Abriu o olho: um canto do espelho brilhava na penumbra. Entendeu na sala as unhas da mãe que se coçava — apanhara as pulgas do finado.

Sentada na cama, avistou o pijama oscilando ao vento — ele era defunto. O chinelo da mãe arrastou-se rumo da cozinha.

Ao lado do ataúde, Ivete esfregou a boca nas costas da mão — longa seria a espera. Fácil não era livrar-se do morto. Acendeu cigarro. Olhou através da fumaça o velho de lenço no queixo — o lenço para que não espumasse. Olho mal fechado, espiava por entre os longos cílios? Não, desta vez a pálpebra não latejava. Ivete engolia a fumaça, tonta de prazer — estava bem morto. A mãe na cozinha preparava o café para o velório.

A menina examinou a pálpebra, o bigode, a boca. Ergueu-lhe a manga e, afastando as contas negras do rosário, encostou o cigarro na mão do pai. Queimou-a bem devagar.

Gigi

Não dê dinheiro ao Gigi. É o pedido de mãe aflita! — cada vez que Gigi foge de casa o anúncio no jornal, ao lado do retrato 3 x 4 na farda de soldadinho. Com o dinheiro, ele bebe, faz doidice. Dona Maria quer morrer antes que enterrem o filho no asilo.

Gigi é manso, louco só nos olhos: sabem de coisas que a mãe não suspeita. Dona Maria penteia-lhe o remoinho e põe-no à janela, vidraça descida. Às vezes tem permissão de ficar na porta e, ao se ver só, pede cigarrinho às pessoas. Depois quer fogo. Quando o outro risca o fósforo, ele sopra. O outro acende o segundo fósforo, segura-o na concha das mãos. Sem tirar o cigarro da boca, Gigi sopra o fósforo. Sopra-os todos, até que a pessoa fuja de medo — e fuma o cigarro apagado.

Mora na janela, atrás da vidraça, onde caça mosca. Guloso pelas varejeiras, as mais gordas, azuis e verdes, com brilho de ouro; de uma arranca as asas e, escondida na mão, ouve deslumbrado o bzzz — nem pode brincar, tão depressa ela morre.

Embora dócil, resiste a cortar unha ou cabelo. Tanto crescem as unhas, esgueira-se de sapato na mão, gato com seu pedaço de carne. É chamado o enfermeiro, que lhe amarra as mãos na cadeira. Depois apara as unhas, barbeia, rapa a cabeça. Xinga-o de *Louquinho*, sem que se ofenda.

Dona Maria traz seu prato. Ele espalha a comida no chão, logo fervilha de formiga preta. Estala formiguinha na unha — nem sai sangue.

Noite de lua aos berros na janela do sótão. É a serenata para a mulher do vizinho. Ela pegou na mão de Gigi:

— Tadinho do meu bem!

Tanto bastou que a adorasse. O quarto de Gigi dá para o quintal do vizinho. A mulher surge à porta, ele fica imediatamente nu, atrás da vidraça, ronco feio na garganta. A moça não sai do lugar. Eis o marido que o ameaça de revólver:

— Esse tarado eu arrebento!

Só não avisa a polícia: dona Maria sofre do coração, morta a um grito do filho. O socorro da velha é o Bitu.

— Leve o Gigi passear. Os dois ganham broinha de fubá.

O menino gosta de Gigi e bate palminha de alegria — um doido só para ele. Faz que Gigi peça dinheiro na rua. Bitu compra sorvete e não dá a Gigi. No fim do sorvete, Gigi lambe os pingos na mão do menino.

Apostam corrida de besouro. Bitu prende-lhes um fio na carapaça, enfia uma farpa no rabo. Gigi perde sempre — o menino quebra uma patinha do seu corredor. Guardados na caixa de sapatos, mais que lhes dê água e pão-de-ló, morrem de tristeza.

A vizinha segurou-lhe a mão. Ele, que era manso, começou a ter ataque. Sobe ao quarto do sótão. Ela não aparece? Engole a mosca zumbindo na vidraça.

O relógio do louco é a inveja de Bitu, nem um dos dois sabe as horas. Gigi aperta o relógio na orelha e ouve, um fio de baba no canto da boca: é doce como estalar formiguinha. O menino segredou-lhe — a mulher do vizinho perdida de paixão. Gigi lhe desse o relógio, levá-lo-ia ao seu quarto.

Antes foi ver o que dona Maria estava fazendo: partia ervilha na cozinha. O menino guiou o doidinho ao portão da outra casa.

— Entre, Gigi. Não tenha medo. A moça quer um beijo!

Gigi traz a caixa de papelão com cinco besouros mortos — o presente de noivado.

Não avança o piá além do portão. Espiando a janela do sótão, a moça penteia o longo cabelo dourado. O marido azeita o revólver no quarto. Tarde tão quieta, dona Maria escuta uma ervilha cair no chão.

Gigi segue pelo corredor na ponta do pé, a unha crescida. O coração do menino, à sombra do muro, bate mais alto que o relógio na mão fechada.

Os Meninos

O menino insinuou-se pela horta em pontinha de pé. Emudeciam as cigarras à sua passagem e voltavam a rechinar. Agachou-se entre as folhas de couve, depositou no chão a latinha de água. Viera desde o riacho, sem derramar uma gota.

Sentado, modelou pelotas para o estilingue. Molhando um bocado de barro preto, rolava-o na palma da mão. Uma cigarra ali perto, iludida com o silêncio e alucinada pelo brilho do caco de vidro, chiou bem alto. Ele não ouvia; girando as bolotas, dispostas uma ao lado da outra, pensava em Estacha.

Havia cinco dias na casa, único vestido desbotado e quase transparente de tão gasto. Magra e pálida, surpreendeu-a devorando o resto dos pratos. Antes de dormir, lavava os pés, uma crosta escura no calcanhar, os pés incansáveis que o menino seguia por todos os caminhos.

Bem cedinho ela recolhia braçadas de lenha, empilhava-a ao lado do fogão. Batia o pó da roupa: não saíam as duas pintas pretas do peito. Ao ver o menino, prendia o vestido com as mãos, apertava os joelhos:

— Conto para tua mãe. Olhe que eu conto.

Não contou que, lavando roupa no riacho, ele a espreitava. Escondido entre as moitas: *Psiu, psiu...* Atirando uma das tranças para trás, sempre a malhar na pedra, olhava-o sem escândalo, quem sabe um pouco deslumbrada.

Na volta, a capoeira com seu bosque escuro. Sabia que era perseguida e vinha a correr, a bacia de roupa no braço.

— Quer morango?

O menino de pernas abertas cortou-lhe o caminho.

— Está verde.

— Dois madurinhos — ofereceu a mão fechada. — Quer?

— Mentira. A mão vazia.

Estendeu a mão e, para a acariciar, abriu os dedos.

— Conto para tua mãe.

Largar a bacia e correr? Chegando sem ela, a mãe do menino havia de mandá-la embora. Daí ele viu o caco de vidro.

— Me pegue. Eu te corto!

Foi erguer-lhe o vestido. Ela o atingiu com o vidro. Não doeu, uma coceguinha no dedo ferido.

— Viu o que fez?

Ele se lamentou, o sangue era doce e quente.

— Me deixa que tua mãe me surra.

O pedaço de vidro caído entre os dois. Ela começou a chorar — pingos de chuva na vidraça, as lágrimas rolavam dos olhos.

— Polaca é fria!

Tirou o dedo da boca para xingar. Ela se afastava sem olhar para trás, curvada do outro lado da bacia.

— Polaca fria!

Naquela manhã, esperando por ela na horta, onde viria colher verdura para o almoço, o menino rematou as pelotas. Enquanto secavam ao sol, deitou-se de costas, mãos na nuca — ao arrepio do vento faiscavam as folhas da laranjeira. Pertinho do nariz fervia, lavadeiras de trouxa na cabeça, uma tropa de formigas.

Virou as bolotas, uma e outra rachada jogou fora. Ouviu a cancela que rangia. Estacha a deixava aberta... Devagar espiava os canteiros, tão aflita esmagou o batalhão de formigas. O menino agarrou o pé, torcia a perna. Ela gemeu de dor. Caule de couve partia-se com estrondo quando rolavam por cima. Ela, a mais forte, parou de lutar — quatro pés descalços espalharam as bolinhas de barro.

Jaziam lado a lado, cuidosos de não se tocarem, olho perdido no manso embalo das nuvens. O menino sentou-se, guardava as pelotas no saquinho de pano. Estacha ergueu-se, deu-lhe as costas, bateu o pó do vestido. Já na cancela, voltou para colher a verdura. Ele a olhou, ela não. Tão vagarosa, as tranças nem buliam no ombro. As formigas refizeram a correição. Ali perto ziziou a cigarra.

Tio Galileu

A pobre da mãe deu Betinho àquele velho: agradasse ao tio Galileu, com os dias contados, seria um dos herdeiros. Depois de partir lenha, puxar água do poço, limpar o poleiro do papagaio, o menino enxugava a louça para a cozinheira. Toda noite, Betinho subia a escada, levar o urinol e tomar a bênção ao tio Galileu. Batia na porta: *Entre, meu filho*. O rapaz beijava a mão — branca, mole e úmida mãe-d'água. No domingo recebia a menor moeda, que o padrinho catava entre os nós do lenço xadrez.

Tio Galileu raramente saía e, ao tirar o paletó, exibia duas rodelas de suor na camisa. Arrastava o pé, bufando, sempre a mão no peito. Afagava o papagaio, que sacudia o pescoço e eriçava a penugem: *Piolhinho... piolhinho...* Subindo a escada, dedos crispados no corrimão, isolava-se no quarto. O assobio através da porta: alegria de contar o dinheiro?

Diante dele era feita a limpeza, pelo rapaz ou pela negra, nunca por Mercedes. Sentado na cama, coçando eterno pozinho na perna, vigiava. E não assobiava com alguém no quarto. Instalado na cama que, essa, ele mesmo arrumava, sem permitir que virassem o colchão de palha.

Mercedes fazia compras, perfumada e de sombrinha azul. O velho discutia com ela, que o arruinava, por sua culpa sofria de angina.

Domingo, a negra de folga, Betinho preparava o café para Mercedes. Abria a porta, tateava na penumbra do quarto e, ao pousar a bandeja, sentia entre os lençóis a fragrância de maçã madura guardada na gaveta.

Uma noite Mercedes surgiu no quarto de Betinho. Já deitado, luz apagada. Sentou-se ao pé da cama, casara com tio Galileu por ser velho, que morria de uma hora para outra. Grande mentira, de mim e de você fazer um escravo. Não sofria do coração, nem sabia o que era coração, a esconder mais dinheiro entre a palha. Ao crepitar o colchão lá no quarto o avarento remexia no tesouro.

Um bruto, que a esquecia, dormindo em quarto separado, com medo fosse roubá-lo. Ó diabo, ela o xingou, pesteado como o papagaio louco, que a bicara ali no dedinho. O rapaz inclinou-se para beijar a gota de sangue. Mercedes ergueu-se e jurou que, se o monstro morresse, daria a Betinho o que lhe pedisse.

O rapaz não pôde dormir. Meia hora depois, saltou a janela. Agarrou no poleiro o papagaio, cabeça escondida na asa — os piolhos corriam pelo bico de ponta quebrada. Torceu o pescoço do bicho e o enterrou no quintal.

Dia seguinte o homem buscou o papagaio, a assobiar debaixo de cada árvore. Betinho mentiu que a ave fugira. Foi colocar o vaso sob a cama e, ao tomar a bênção ao padrinho, o piolho correu de sua mão para a do velho — um dos piolhos vermelhos da peste.

Mercedes voltou ao quarto dele. Reclinada na cadeira, amarrava e desamarrava o cinto. Noite quente, queixou-se do calor, abriu o quimono: inteirinha nua.

— Vá — disse a mulher. — Vá, meu bem. Primeiro o papagaio. Agora o velho.

Betinho ficou de pé. Tremia tanto, ela o amparou até a porta:

— Vá, meu amor. A vez do velho.

Hora de pedir a bênção. Betinho subiu a escada. Aos passos no corredor o avarento, entre a bulha do colchão, perguntava quem era. Aquela noite nada falou. Betinho abriu a porta, avançou lentamente a cabeça. Tio Galileu deitara-se vestido, o saquinho de fumo espalhado no colete de veludo. O último cigarro, sem enrolar a palha com os dedos imóveis... Olho arregalado, a negra boca não abençoou Betinho. Fazia-se de morto, nunca mais fingiria.

Tio Galileu não gritou. Nem mesmo fechou o olho, mais fácil que o papagaio. Betinho afogou no travesseiro a boca arreganhada.

Os pés descalços de Mercedes desciam a escada. Ele ergueu o colchão, rasgou o pano, revolveu a palha — nada. Deteve-se à escuta: os passos perdidos da mulher. Avisá-la que o velho os enganara.

Era tarde, abria a janela aos gritos:

— Ladrão. Assassino! Socorro...

Pensão Nápoles

Desde que aportou a Curitiba, Chico viveu às margens do rio Belém, sempre nas unhas o barro amarelo. Para ser feliz deveria, menino, ter pescado lambari de rabo vermelho. Sonhava fugir para outra cidade — ah, Nápoles!

Escriturário, noivo, bigodinho, morou em todas as pensões: Primavera, Floriano, Bagdá. Definhava ora na sórdida espelunca de nome pomposo, ora na salinha escura do escritório, a espirrar entre o pó dos papéis. Eterna promessa de ano seguinte aumentarem o salário — não podia esperar mais um ano. Perseguia o vôo das moscas, contava as rugas na testa do gerente, errava as contas e, ao receber a correspondência, indagava do carteiro:

— Alguma carta de Nápoles?

Sabia o que era — o chamado das janelas. Em vez de partir, mudava de emprego, noiva, pensão. Respondia ao primeiro anúncio de — *Precisa-se moço lugar de futuro*. O futuro? Outra rua de Curitiba, plátanos antigos na calçada, solteironas à janela, rio Belém dos quintais miseráveis, um moleque atrás do lambari de rabo vermelho.

A salvação era casar, escapulir para o outro lado da cidade, onde o rio não chegasse — com as chuvas alagava os quintais, cobria os sapatos de lama, os sapos coaxavam na cozinha. Irrompia, sem aviso, sob os pés dos amantes distraídos. A prefeitura ignorava-lhe o curso subterrâneo; rio de pobre, não fora o Belém, com que água as mães dariam nos piás o banho de sábado?

Trinta anos, magrinho, bigode preto, Chico fugia do rio. Era moço triste. Naufragou com seus trastes na pensão Nápoles, não a escolheu pelo nome. Condenado às pensões baratas que margeiam o rio, partilhando o quarto com estranhos. Consumiu-lhe as economias o tifo preto do rio Belém e agora sem emprego. Diante de uma janela, o vento da viagem arrepiava os cabelos do peito magro:

— Na minha idade, já viu, o que Alexandre Magno...

O outro olhava-o com espanto.

— Não fosse o rio... — em cueca na cama, limpando sob a unha uma sombra de barro.

Com o tifo até a noiva perdeu, ele sempre noivo! Não conseguia dispensar uma noiva na sua solidão. Breve namoro, entrava na sala, elogiava o café com rosquinha. Domingo era certa a galinha com vinho. Uma casa para se abrigar à noite, em vez de correr na garoa. Moço sem futuro, a noiva devolvia o anel.

Depois do tifo preto a pneumonia. Tardes alucinadas de febre, Chico se lembrava do pai. Severo, não admitia riso. Quando fugiu de casa imaginou que nem lhe desse pela falta. Nunca escreveu, informando o endereço, na ronda das pensões. Tarde demais soube que o velho não deixou retirar seu guardanapo da mesa. A mãe colocava mais um prato, assim viesse todos aqueles anos almoçar e jantar em casa. De noite, o pai subia ao quarto do rapaz: *Chico, Chico, você voltou?* Morreu antes que o filho visitasse a família. Agora sonhava com o velho, ao lado da cama: *Chico, veio para casa, meu filho?*

Se ao pai matou, às noivas mal não fez. Oh, as noivas de Chico — a todas amou! Nem uma entendeu que não queria ser enterrado com os pés no rio Belém. Propunha fugirem para outra cidade. Qual das ingratas confiou no seu amor? À noite rondava-lhes a casa, todas dormiam, esquecido na garoa fria.

Em junho é a garoa o céu de Curitiba. Sob a janela de uma ex-noiva começou a espirrar. A dona da pensão Ali Babá não o quis com aquela tosse. Escondido dos hóspedes, retirado para a enfermaria coletiva. Aquecia-se atrás da vidraça no raio de sol, os serventes abandonavam uma cama vazia no pátio — que fim levou o doente?

Depois do tifo preto e da pneumonia a pensão Nápoles. O nome não o deixava dormir.

— Se embarcasse na *Santa Maria*, na *Pinta*, na *Niña*?

Cuspia lá da janela, cuspia sangue contra o rio.

— Não tem mar, Chico, na tua Curitiba.

Boa-Noite, Senhor

Ele me esperava à saída do baile. Parado na esquina, retocou as pontas da gravata borboleta. Ainda de longe, magrinho, idade incerta, sorria para mim.

— Boa-noite.

— Boa-noite, senhor.

Andando a meu lado, disse que me viu dançar com a loira. Ele a achava linda, com sua boca pintada. Respondi que a odiava. Ele disse que sofreu muito com as mulheres — um puxão raivoso na gravatinha azul. Da própria mulher, casado e com filho, não queria saber.

Falava tanto e tão depressa, a voz pastosa de saliva. Acendi um cigarro — não é que os dedos tremiam? Perguntou se ela me provocara, mas não respondi. Compreendia muito bem, a mulher sem piedade enlouquece um pobre moço. Capaz de matar a loira de olho pérfido.

— Ainda bem não tenho olho verde!

Piscou um olho de cada vez. Eu não sabia nada do mundo, ele disse, a cada palavra a voz mais rouca. Intrigava gentilmente os plátanos, a loira, a maldita lua no céu. Uma baba de lesma no dente de ouro... Não falava da loira, de mim ou dele — e como se eu soubesse de quem. Perto da igreja o guincho aflito dos morcegos.

Ele perguntou a hora. Eu não tinha relógio. Parados na esquina, injuriou ainda mais a loira, que tinha boca pintada, promessa de delícias loucas, mas seu olhar era frio, seu loiro coração era amargo. Sabia de outras bocas, a sua, por exemplo, rainha do maior gozo. Molhou o lábio com a ponta da língua vermelha — no canto a espuma do agonizante. Se eu nunca o vira, havia muito que esperava. Tudo sabia de mim, quem eu era:

— A um menino bonito ofereço o trono do mundo.

Até dinheiro, ele disse, tesouros que eu não ganhava de nenhuma loira. Protestei que ela não merecia ódio, moça de boa família.

Olhou o relógio no pulso: três horas da manhã.

— Boa-noite, senhor.

Sem responder, subiu as mãos trêmulas ao nó de minha gravata — dois ratos de focinhos quentes e úmidos.

— Tem cabelo no peito!

Na ponta dos dedos o cuidado reverente de quem consagra o cálice.

— Ora, quem não...

Seus olhos se abriam para a lua, eu podia jurar que verdes.

— Como é forte!

Meu Deus, aquele riso... Gritinhos de morcego velho e cego. Falando do vento que anunciava chuva, ensaiou um gesto — o gesto da loira! A ponta da língua se mexia, um papel debaixo da porta.

— Não tem medo?

Um gato saltou do muro. Espiei do gato para o homem e a rua deserta: ajoelhado na adoração da lua.

Passos de criança perdida, gotas de chuva estalavam nas folhas.

— Boa-noite, boa-noite, boa-noite.

Chorava o dente de ouro, as lágrimas riscavam as velhas rugas. Escondeu-as na mão — o relógio faiscando no pulso.

— O meu presente?

Ele olhou o relógio.

— De estimação. Lembrança de minha mãe.

As folhas úmidas brilhavam na calçada. Todas as árvores pingavam a duas portas de casa.

— Melhor que...

Não ficava bem dar senhorio.

— ... volte daqui.

Quis me pegar na mão e guardei-a no bolso.

— Mais um pouco — ele pediu.

Todas as árvores gotejavam. Ali na porta de casa — o relógio na palma da mão. Ele me perguntou a hora.

Chuva

Bateu tão de leve que, se não estivesse contando os passos no corredor, não a teria ouvido. Abri a porta, era Leonor. Na mão um embrulho em papel verde, marcado das primeiras gotas de chuva.

— Entre.

— Não devia ter vindo.

De pé no meio da sala, com o embrulho e a sombrinha.

— Tão linda.

— Apague a luz.

Diante da janela brilhou uma lâmpada na rua.

— Dá tua sombrinha.

— Não vou demorar.

Deixei o pacote na mesa e a sombrinha no cabide.

— Sente-se, anjo.

— Bem de pé.

Um relâmpago clareou o aposento. Leonor fez o sinal-da-cruz.

— Nossa Mãe, valei-me!
— Não ouço. Chegue mais perto.
— Estou bem aqui.
Outro relâmpago. Veio sentar-se a meu lado.
— Promete se comportar?
— Prometo.
— Se alguém me viu fico moça falada.
Era não ter pressa. Comecei a alisar a mãozinha.
— Com frio?
Ergui a manga do casaco, beijei a penugem que se arrepiava.
— Não quero, Afonso.
— Seja criança, meu bem.
— Eu sabia. Não devia ter vindo.
Fui até a janela, ridículo sem paletó. O tropel de corvos no telhado: era a chuva.
— Não seja mau — com voz de choro. — Sente-se aqui. Tão pouco tempo.
O tempo era pouco, mas não devia ter pressa. Sentei-me, as mãos no bolso. Ela deitou a cabeça no meu peito.
— Puxa, como bate!
Beijei-lhe a nuca, um maldito cabelo na língua.

— Ai, me mordeu.
— Mais perto.
— Não devia, Afonso.
— Tire...
— Meu bem, tenha paciência comigo.
— ... o casaco.
— Seja bonzinho, amor.
— Meu anjo. Gosto tanto de você. Então ia fazer mal?
— Tanto medo.
— Feche os olhos.

A chuva aos poucos havia parado.

— Chorando?
— Estou não.
— Sou igual aos outros. Diga logo.

Deitada no sofá, não se mexia. Consertei a gravata e vesti o paletó.

— Zangada comigo?
— Eu quis.
— Está, sim.

Sentou-se, pediu-me de costas o pente.

— Que acenda a luz?
— Não, não.

Penteava-se de olho no chão. Depois se ajoelhou, a mão sob o sofá.

— Que é?

— Meu sapato.

— Pezinho tão branco, meu anjo.

— Pé mais feio!

A estiagem debandou os corvos do telhado. Ela se ergueu, o embrulho apertado na mão.

— Agora não gosta de mim.

— Bobinha. Você volta?

— Sim.

— Quer um cigarro?

Acendi o fósforo, ela o soprou. Acendi outro, tornou a soprar.

— Não gosto de cigarro. Brincadeira.

O cigarro na boca quando foi me beijar.

— Mau que é. Veja, estou chorando.

— Chorando nada.

— Tão infeliz. Ah, se soubesse...

Agora chorava mesmo e a chuva voltou a cair.

— Não chore. Que alguém ouve.

Enxugou o rosto com os dedos.

— Espere a chuva passar.

— Já vou.

— Que te acompanhe?

— Não precisa.

Beijei-a contra a porta.

— Mais um pouco.

— É tarde. Mamãe esperando. Assim que olhe para mim ela vai saber.

— Seja boba.

— Basta que olhe. Basta uma pessoa olhe para mim.

— Estou olhando e não vejo nada. Você volta? Jure que volta.

— Juro.

Jurava por tudo para sair. Acendi a luz antes de abrir a porta. Espiei o corredor.

— Pode sair.

Leonor afastou-se, sem olhar para trás. O embrulho verde rasgado no canto, nunca eu saberia o que era. Desceu a escada apoiando-se na parede.

Fechei a porta e olhei o cabide. Esquecera a sombrinha, iria para casa debaixo de chuva. Abri a janela e chamei. Leonor não se voltou. Podia correr atrás, de mim nada aceitaria.

O Noivo

Ao apagar as luzes, a mãe deixava acesa a do corredor. Deitava-se e não dormia, à espera. O destino da mulher é esperar pelo marido e, depois do marido, pelos filhos. Chegavam um a um, estendiam-se nas camas. O último era Osvaldo, o mais parecido com o pai, gordo, quase calvo, distraído. Roupa amarrotada de quem dormia vestido, a gravata escorregando do colarinho.

— Meu filho — queixava-se dona Maria. — Quem te vê diz que não tem mãe!

Osvaldo sorria, sem responder. Não tinha dois dentes na frente e sorria com a mão na boca.

— Esses dentes, meu filho. Por que não uma gravata nova?

Sempre a mesma gravata de bolinha.

— É preciso falar com o Osvaldo — apelava dona Maria ao marido.

— Já lhe digo duas verdades!

O filho intimidava-o, não era como os outros. Nunca lhe respondeu mal; pudera, tão pouco se falavam. Dias depois:

— Rapaz sem ambição. Entenda-se com ele. Podia ser alguém na vida!

Sentava-se à mesa diante do pai. Os outros conversavam; ele comia, de cabeça baixa.

Chegou da rua com a roupa suja e rasgada. Às perguntas aflitas de dona Maria, não era nada, todos sabiam de sua miopia. A mãe descobriu que atropelado por bicicleta — meu Deus, não tinha osso quebrado? Sorriso de banguela foi a resposta.

Domingo os netos enchiam de gritos a casa de dona Maria. Calmo, só Osvaldo. Deixava os sobrinhos instalarem-se no joelho, não os beijava. Teria doença de homem? Se a mãe morresse, que seria dele? Comia o que lhe serviam, alguém soube do seu pedaço predileto de galinha? Sua vida um segredo para a família.

O velho o seguiu ao botequim. O tempo que lá esteve, observando o filho, este não o olhou e, na opinião do pai, nem o viu. O garçom trazia a garrafa, enchia o cálice de Osvaldo, sem qualquer palavra entre os dois. Mão no bolso, espiando o cálice, certa mancha na parede, simplesmente a parede. Não deu pela presença do outro. Sempre só, na mesa do fundo, nem parecia triste.

Dona Maria esperava ouvir o filho mexer no trinco. Único ruído na casa, além do ronco do marido, era dos passarinhos a beliscar as sementes. Na sua volta, Osvaldo dava-lhes cânhamo e alpiste, mudava a água da tigelinha.

Quanta noite, tão logo abre a porta, apaga o rapaz a lâmpada do corredor? A mãe a deixava acesa a fim de que encontrasse o quarto. Por que a extinguia, tateando pelo corredor escuro e derrubando os chapéus do cabide? Apagaria a lâmpada para não se ver, quem sabe, no espelho da sala. Mas o filho, na opinião de dona Maria, sempre foi moço bonito.

Encontrava a porta, atirava-se na cama vestido e calçado, a fumar um cigarro depois de outro. Dormia, esquecido o cigarro na mão... Havia posto fogo ao lençol e ao colchão. Com todos os buracos de brasa no pijama, ó Deus do céu, o seu peito como não estaria? Ocultava no bolso a mão negra queimada. A mãe se benzia — não fosse incendiar a casa. Osvaldo fumava sem abrir a janela, dormia entre a fumaça.

De manhã tossia, às vezes cuspia sangue. Levava-lhe dona Maria o café na cama, que engolia sapecando a língua, para acender com dedo trêmulo o primeiro cigarro.

— Pobre do meu filho!

Um sorriso era a resposta. A velha preferia não indagar por quê apagava a luz do corredor.

Agora estava acesa. Osvaldo não havia chegado. A mãe pensava, toda noite, no noivado. Trouxera a moça para dona Maria conhecer, não sabia que o filho tivesse ao menos namorada. Moça feia, quem sabe pálida, por certo magra. Osvaldo era um romântico, assim a mãe gostou de Glorinha.

Dia seguinte uma carroça entregaria o armário, a mesa, quatro cadeiras. Osvaldo comprava a mobília, a mãe apressou-se em marcar-lhe algumas camisas e costurar seis cuecas novas.

Quatro anos depois, Glorinha e a mãe dela bateram palmas no corredor. A moça era de casa, entrava sem-cerimônia. Aquela vez bateu palmas, a mãe Gracinda toda de preto.

— Entre, minha filha. Não veio almoçar domingo? Sente-se, por favor, dona Gracinda.

A outra respondeu que ia bem, obrigada. O assunto que a trazia à casa de dona Maria era a felicidade de Glorinha.

— Que aconteceu, dona Gracinda? A senhora me deixa aflita!

Segundo a outra, não havia precisão de palavra. Osvaldo não se decidia a marcar a data. Glorinha não queria morrer solteira. Já tinha perdido os quatro melhores anos de sua vida.

— Mamãe! — interrompeu a moça. — Por favor, mãe!

Sempre de chapéu, a dona ergueu dos olhos o véu negro.

— Osvaldo não fala comigo, dona Maria. Já não gosta de mim!

— Seu filho, dona Maria, sabe o que ele é?

Glorinha suplicou à mãe que, pelo amor de Deus, a deixasse explicar. No princípio não estranhou o silêncio de Osvaldo. Ela contou-lhe a vida inteira desde a infância, o que fizera dia por dia. Osvaldo podia ser tímido, ela oferecia licorzinho, que aceitava sem uma palavra. A moça deixava-o por vezes na sala, limpando as unhas com um palito, e ia conversar com a mãe na cozinha. Não discutia com Glorinha, nem parecia notar que estivera fora — capaz de ficar noivando sozinho. Para dona Gracinda, que lhe trazia o café, perguntava: *Boa-noite, como vai a senhora?* Depois acendia o cigarro, tinham de falar uma com a outra.

— Minha filha, o que me conta!

Dois primeiros anos, Osvaldo tirava o óculo na sala, mais bonito. Glorinha sabia que gostava dela. Terceiro ano já não tirou...

— Mais respeito, Glorinha! — atalhou dona Gracinda.

Nos olhos vermelhos da moça uma lágrima parada.

— Por favor, mãe!

Certo, Osvaldo jamais combinou o dia.

— Minha filha, o que me conta! E ele, Glorinha? Que é que ele diz?

— Nada, dona Maria. Nunca falta ao encontro.

Nessa hora Osvaldo saiu do quarto. Almoçava antes que os pais, entrando ao meio-dia na repartição.

— Meu filho, vem cá. Uma coisa muito triste.

Sorriu, a mão na boca. Sentou-se ao lado de Glorinha. A mãe pôs-se a duvidar das outras. O moço ouvia com espanto a mulher que falava — cada uma por sua vez —, ela se perturbava e desviava os olhos.

— Meu filho, não quer casar com a Glorinha? — indagou por fim dona Maria.

Que sim, queria. Era o noivo de Glorinha. Claro, ele queria.

— Por que não marca o dia? — interveio dona Gracinda. — Olhe que são quatro anos!

— A mobília da copa já comprei. A senhora não viu a mobília?

Dona Gracinda desceu o véu sobre o rosto severo. Deu o braço à filha. Osvaldo quis falar, o relógio bateu, ele pediu licença. Hora do emprego, já atrasado. A moça devolveu a aliança, que trazia fora do dedo. Foi falar, rompeu no choro. Dona Gracinda abriu a bolsa da filha, retirou embrulhinho em papel de seda azul, colocou-o na mesa:

— Os seus presentes!

Ele as deixou na companhia da mãe, almoçou com o apetite de sempre. Quando voltou à sala, as duas tinham-se ido.

Glorinha podia ser boa moça, pensava a mãe, atenta à chave na porta. Quem sabe não fosse a noiva para

Osvaldo. A família não notou diferença na sua conduta. Se chegava cada noite mais tarde... O pai levara a mesma vida.

Na verdade um fato estranho: os passarinhos. Osvaldo apanhara-os com o alçapão havia muitos anos: um pintassilgo, um coleiro, um canário-da-terra; tão velhos, as unhas descreviam uma volta no poleiro. Madrugada enchia de alpiste o cocho, mudava a água da tigelinha. Andando por tão raros caminhos trazia uma folhinha de alface... Eles cantavam, iludidos pela luz.

Trincando as cascas, eram ouvidos por dona Maria no quarto. Sentou-se na cama, com o sentimento de uma desgraça. Não sabia o que era. De repente lembrou-se: os passarinhos. Nem um som das gaiolas. Mortos, a cabecinha no cocho vazio — ó Deus, como pudera o filho esquecer? Foi quando começou a apagar a luz do corredor.

A mãe escutava o relógio bater duas, três, quatro horas e, por fim, os passos de Osvaldo na rua. Os mesmos passos do pai. Abria a porta, apagava a luz. Tateando no escuro, derrubava um chapéu do cabide. Quem dera a dona Maria ele dormisse: o estalido de um fósforo, de outro, mais outro... No dedo amarelo a aliança de noivo fiel.

O marido estava em casa, o filho pródigo acabava de se recolher. Dona Maria podia dormir. Ai, se soubesse... Extinguindo a luz, Osvaldo não entrava só. Ao voltar do último botequim — fazia que de noites? — encontrou-se com Glorinha na porta: vestida de noiva, o véu de renda preta na cabeça.

— Entro com você, meu amor.

Antes de ele encontrar a chave, insinuou-se *através* da porta fechada.

No corredor iluminado, onde a moça? Então apagou a luz: ela surgiu no quarto.

— Não me deixe, Glorinha!

Deitava-se vestido e de sapato. Sentada ao pé da cama, Glorinha recordava os fatos banais do dia. O noivo à escuta, cigarro na boca, olho perdido.

Dona Maria não ouve no outro quarto a voz da moça, e dorme, porque às mães não foi dado entender os filhos, apenas amá-los.

Valsa de Esquina

— Um moço em Curitiba devia se afogar...
Carlinhos retocou as pontas da gravata — uma gravata de bolinha azul, mas não era feliz. Olhou de todos os lados: onde o mar?
— ... no último barril de rum!
Saía do emprego, reunia-se no café com os amigos. Cobria a xícara de cigarros, no mármore da mesa desenhava o seu nome de guerra.
— Uma mulher é o que me falta!
No zumbido de abelha corriam os bondes, todas as caras na janela. Voltou para o quarto, um, dois, feijão com arroz. Mulher foi a dama das camélias, disse consigo, chutando uma pedra.

Dia 17 de abril de... não me lembro o ano, sete e meia da noite. Carlinhos quis voltar e parou, com a perna no ar: nada por fazer no quarto. Anda, anda, minha perna, três, quatro, feijão no prato.

Os pares dançavam na sala, as cadeiras ao longo da parede. Ele fumava à janela, repuxava a gravata de bolinha — aquilo sim era gravata! No oitavo cigarro decidiu falar com a menina feia, sozinha no canto.

Ela deixou cair a folha de papel: era modinha de Chico Alves. Carlinhos entregou a canção como quem oferecia uma flor.

Sugeriu que devia tocar piano, dedos tão delicados. Muita vontade de aprender, mas o pai não queria. Ó, doente por música! Ele quis saber se gostava mais de Chico Alves ou Orlando Silva. A mocinha fitou primeira vez os seus olhos — os belos olhos de Carlinhos — e disse Orlando Silva. Ele foi cruel: Chico Alves. Até inventou retrato com dedicatória: *Do Chico ao amigo velho*.

A aniversariante chegou com pratinhos de ambrosia.

— Conhece a Branca?

Acompanhou-a depois das aulas. Vinha do café, postava-se debaixo da tabuleta: *Alta Academia de Corte e Costura — Professoras Josefa e Soledade.*

Nove da noite surgiam apressadas as mocinhas, cada uma com pacote no braço. Na rua de barro, Branca estendia a mão pálida. Que não fosse até a porta, o pai era muito esquisito. Em despedida, o cartão colorido — namorados se beijavam no caramanchão de rosas. Dois nomes desenhados no canto.

Os amigos riam-se no café, passando o cartão de um para outro. Carlinhos fez juramento público: ela seria sua.

Aquela noite Branca veio sozinha. Ninguém na rua, a sombra redonda das árvores na calçada. Uma coisa importante para lhe dizer. Branca pediu que não, a mãe ralharia se chegasse tarde. Carlinhos enterrou as mãos no bolso. Daí ela parou, por quê zangado? Na primeira árvore beijou-a, cheia de medo.

Entendeu passos, ergueu o pacote do chão. Foram andando. À sombra de outra árvore, arrastou-a contra a parede. Branca rompeu no choro, ele sentia o próprio rosto molhado.

— Não chore, sua boba.

Acordou de noite, olho arregalado no escuro. O choro de Branca ao lado da cama. Acendeu a luz, ninguém. Miserável! ele se injuriou. Sonhava com ela entre cadeiras vazias, rasgando a modinha de Chico Alves. Pelo gosto ruim na boca soube que a amava.

À espera na esquina, mão trêmula. Que bobagem, um homem na minha idade. Saíam as mocinhas, não viu Branca. Seguiu-as, nem uma era ela.

Noite seguinte informou-se com uma colega: doente. Sofria do coração, a pobre, disse a moça e foi-se com outra, as duas rindo-se dele. Voltou para o quarto, a gravatinha no pescoço era o remorso. Não podia ouvir o Orlando Silva sem que lhe doesse o peito: uns dedos furadinhos de agulha... Doente, quem sabe à morte.

Escreveu com giz o nome Branca nas portas da rua. Não tornou ao café (os amigos lembravam-se do juramento) e primeira vez bebeu rum. Outras noites rondando a Academia, olho vermelho de tanto soletrar Josefa e Soledade.

Saem as moças, cada uma com seu pacote. À sombra das árvores, cambaleia na ruazinha de barro. Cachorros latem para ele, perdido entre as casas de madeira, pés de couve na entrada. Qual delas é a de Branca? Assobia debaixo das janelas uma valsa de Orlando Silva. Só lhe respondem o apito dos guardiões e a lamúria dos sapos em noite de chuva.

Há meses assobia nos portões, um grilo entre as couves. Quando ele passa, o guarda-noturno leva dois dedos ao boné. Nunca mais trocou de gravata — ai, bolinhas azuis! Sem saber se Branca morreu, chega ao café. Um amigo pergunta como vai de amores.

— Você deve se afogar no barril de rum.

O Convidado

O velho esperava na estação.

— O doutorzinho fez boa viagem? — esmagou-me no abraço de gigante.

O trole de aros azuis na estrada poeirenta.

— Aqui estamos — e apontou o telhado escondido entre os cedros.

No portão rodearam o carro três cães ferozes. O velho estalou o chicote.

— Ninguém entra com esses diabos soltos!

Abriu o vinho tinto e, bebendo, alisava a pastinha branca na testa — os dedos mais grossos nas pontas. Ao apanhar outra garrafa, esqueceu os tamancos sob a cadeira de palha. Vacilou o soalho a seus pés. No guarda-louça as xícaras balouçaram nos ganchos. Entre cristais e estatuetas, dois objetos estranhos: aqui uma gravata, ali um lenço manchado de sangue!

Cabeça baixa, Isaura colocou na mesa a travessa de macarrão.

— Não cumprimenta a visita?

Ergueu os olhos até a minha gravata, nenhuma palavra. No almoço bebemos, Adão e eu, mais duas garrafas. Por vezes ela cruzava a porta da cozinha.

O velho soltou o botão da camisa sem colarinho — subia e descia o gogó a cada trago. Enrolava os bigodes, e depois de beber, sugava as gotas ali pendentes. Olhou o relógio no bolso do colete, pediu licença: negócio urgente na vila.

— O doutor não é de cerimônia.

Que eu ficasse à vontade. No caso de sono — e abriu risonho a porta do quarto, enorme cama de colcha vermelha.

Lá se foi no trole, entre o latido alegre dos cães. Isaura almoçara de pé ao lado do fogão, agora lavava a louça. Não me olhou na porta da cozinha.

— O velho Adão... Meu pai já dizia *O velho Adão*. Mais forte que todos nós.

Você ouviu resposta? Nem eu.

— A senhora não sente falta da cidade? Da gente na rua, das amigas, das vitrinas iluminadas?

Se não escutava, a mão enxugou os talheres mais devagar. Embora soubesse da visita, o vestidinho simples, a barra da saia aparecendo. Muito pálida sob a cabeleira negra, no braço redondo a penugem dourada. Não se pintara, nem usava brinco. Reparei nos dedos amarelos.

— Aceita um cigarro?

Fechava os olhos ao engolir a fumaça.

— Não quer que eu fume. Sem o cigarro não sei o que de mim.

— Vive muito só.

— Nem sempre. Às vezes traz um convidado. Deixa-o comigo, vai até a vila. Cuidar de negócio... Sabe que não é verdade?

— Não diga.

— Uma casa de mulheres. Da Olga Paixão. Me fez presente do vestido dela — e sabe que é bonitinho?

Mão trêmula ao lhe acender outro cigarro.

— Gostaria de vê-lo.

— Que eu o vestisse para o Emílio. Depois para o Artur. E para o doutor também.

Sacudiu os longos cabelos de luto.

— Ainda rio... Bem triste, sabe?

— A senhora é infeliz, dona Isaura.

— Sempre assim. Chega o amigo — *Um café, Isaura* ou — *Quem veio almoçar*. O carro atrelado e, com a eterna desculpa, vai para a Olga Paixão.

— Tudo intriga, dona Isaura.

Dois ou três mosquitos pousavam no ombro sacudido de arrepios.

— Com frio?

— Já passa. É assim, no começo...

A louça enxuta na mesa.

— Não quer sentar?

Sentamos no sofá da sala, dali podia ver a colcha encarnada. Com a mão espantava os mosquitos; curioso me deixassem em paz, a ela só atormentando. Jogava o cabelo para trás, o vestido manchado nos ombros.

— Sentem o sangue.

— É o...

— Sim, o chicote.

Adão recolhia o convidado no quarto, na mesma cama do casal.

— Quer demais um filho. Acha que não pode. Está velho.

Irrompia de súbito. Chicoteava a mulher. Açulava os cachorros contra o hóspede.

— A gravata e o lenço? No guarda-louça?

— O lenço é do Emílio. A gravata, do Artur. O senhor entende? Até que lhe dê um filho. Quer de mim o que não posso.

— É moça, dona Isaura.

Por que a cerimônia — nove, dez anos mais velha?

— Não é ele que... Na força do homem com aquela idade. A culpa é minha. Consultei o médico na cidade.

— E não contou?

— Ele acredita? Se fosse verdade... Depois do que fez! Eu sei quando. Os cachorros soltos...

Enfim tudo acabado — quase arrancaram a mão de Emílio. Ó não, mais um descendo do trole? Comecei que não era como os outros. Apontou a janela: entre nuvem de pó faiscavam aros azuis na estrada.

Esperei o gigante na varanda. Grande palmada no ombro, se eu me dava bem com Isaura?

— Nada do trem. Esta noite dorme aqui.

Ao jantar bebemos três ou quatro garrafas. Eu mais do que ele. Adão indicou a porta no corredor.

— O quarto do doutorzinho. Ao lado o de Isaura. Eu durmo no paiol. Muito quente a noite. Lá é que estou bem. Não acordo antes do galo cantar.

Cambaleava pelo pátio. Prendia os diabos negros. Isaura fechou a porta e fomos para a sala. Toda de cetim preto, boca pintada, brinco dourado. Falando sem parar, eu ouvia lá no paiol a tosse do velho, o arrastão das correntes em volta da casa. Não pude mais e, agarrando-lhe a cabeça nas mãos, beijei-a demoradamente na boca. Olho aberto, não respondeu ao beijo.

— Não se apresse, bem. Temos a noite inteira.

Idílio

Dobrando a esquina, na primeira sombra de árvore se beijavam. Cecília tinha a ponta do cabelo ainda molhada. Enfermeira, lidava no hospital até às seis horas. Banho de chuveiro, jantava, corria ao seu encontro. Às vezes trescalava a toalha úmida. Paulo a beijava com tanta aflição, por pouco engoliu o brinco de pérola falsa. Na rua até às dez horas, fechado o portão.

Ruazinha escura, encostados ao muro, beijavam-se. Ele a ensinou: boca pequena e dócil, a descerrar os dentes, a titilar a língua. Um dentinho saliente e, beijo de muito amor, saía gota de sangue.

De uma a outra sombra (qual o nome daquela árvore tão negra?), em cada uma se beijavam. Não se davam as mãos entre duas árvores. Nunca ela lhe pegou no braço. Sem rumo, cruzavam apressados as ruas iluminadas.

Viam-se uma vez por semana, dia de folga do hospital. Em sandálias o dia inteiro, assistia os doentes e, das sete às dez da noite, seguia-o de salto alto. O moço esperava na esquina: ligeira, apesar de gorda, nos últimos passos corria ofegante.

Quando chovia, ela fechava a sombrinha, conchegados sob o guarda-chuva de Paulo. Rodavam entre as sombras, sem poder encostar-se às paredes. Mal seguro, o guarda-chuva os descobria a cada beijo.

Encontros noturnos e, seis meses depois, ao vê-la uma tarde na rua, achou-a mais velha e mais gorda. Espantou-se dos dedos lívidos, não tomava sol, fechada no hospital. No branco rosto leve mancha de buço. De noite, à sombra da árvore, voltou a ser querida, no dentinho um vespeiro de beijos trabalhava o mel.

Bastante perigo nas ruas. Acendia-se a janela, uma bruxa de papelotes bradava se não tinham vergonha. Velho, não acendia a luz, espiando bem quieto. Os nichos ao longo dos muros disputados por outros casais. Hora do cinema, passava gente.

No meio do quarteirão, cada um vigiando uma das esquinas. Passos ao longe, separavam-se. Ela arrumava o cabelo. Paulo enfiava a mão no bolso. Os outros chegavam-se devagar, olhando muito. Cecília baixava o rosto. Ele falava — a única vez que falava.

Ah, e os faróis dos carros? Então escondia-lhe o rosto na sombra. Algum espião surgia na esquina, obrigados a sair para outra rua. Impossíveis os bancos de praça, por causa dos vagabundos. Além do mais, os malditos guardiões.

O assunto, quando passava alguém, era o céu. *Esta noite não tem estrela* — dizia a moça. Ele olhava o céu aceso de janelas. Assim descobriu a miopia de Cecília. Para ela no céu não mais que a lua.

Certas noites erravam mais de uma hora até o primeiro beijo. Contra o muro agarrava-a com tal fúria, ela gemia. Ao separarem-se, tinha de segurá-la, bem tonta. Podia beijar-lhe a boca, o nariz, os olhos. Menos a orelha, cócega demais.

Passaram-se meses, um ano quem sabe. Paulo começou a brigar, ela só dizia não. Cecília chorava e, ao esquecer o lenço, ele não emprestava o seu: devia enxugar as lágrimas na manga do casaquinho. Mais de uma noite inteira sem tocá-la. Os dois marchando sem descanso debaixo das árvores.

Aconteceu uma noite.

— Agora tem de casar. Você tem de.

Primeira vez a mão pesou no seu braço.

— Por favor. Depressa não posso.

— Está melhor?

— Puxa, foi uma dor...

Paulo reparou nas duas sombras. Uma, bule de chá, gorda e grávida. Outra, selvagem albatroz da noite, abrindo asas na glória de arremeter vôo.

João e Maria

João era noivo de Maria.

— Que você tem, Maria?

O noivado na sala de visitas. Sentavam-se no sofá de veludo verde, diante do retrato do pai. Em moldura dourada o retrato olhava o tempo inteiro para João. Inútil mudarem o lugar do sofá. Retrato de morto é assim: gira o olho de todos os lados.

Longo foi o noivado. No braço do sofá, a marca dos dedos de João; ali os esfregava com dona Rosinha na sala. No encosto, outra mancha. Ali Maria descansava a cabeça quando era beijada. Cada vez que se mexiam, as molas do sofá estalavam.

A mãe com a irmã de Maria na cozinha, uma costurando o enxoval e a outra pintando as unhas, ouviam rádio. As molas crepitavam na sala. Luísa punha o som mais alto. No quarto desabafava, com inveja:

— Maria, não tem vergonha?

Maria não dizia nada.

João noivava três vezes por semana. Domingo cochilava depois do almoço no sofá. Maria e a irmã ficavam à janela. Quem lavava a louça era dona Rosinha.

Ele bateu uma noite na porta. Maria não atendeu. Costumava abri-la antes que João batesse. Bordando um lencinho, ouvia seus passos na calçada. Muita gente cruzava a rua, conhecia os passos de João. Aquela noite a irmã disse que Maria já vinha. João entendia o cochicho das duas no quarto. A outra voltou à sala, Maria com enxaqueca. Luísa, depois dona Rosinha, sentadas diante de João. Bom rapaz, queixou-se dona Rosinha, devia saber a obrigação. Ele jurou que era inocente.

— Por mim, dona Rosinha, caso agora mesmo.

Maria estava deitada, o rosto na parede. Dona Rosinha foi acender a luz, a moça deu um grito. Ficaram no escuro. Luísa afagando-lhe o cabelo, a mãe esfregando-lhe com álcool o pé frio.

— Durma, filhinha. Ele foi tirar os papéis.

Nunca mais o queria ver. Dona Rosinha ameaçou arrastá-la ao médico. Maria agitou-se na cama, pouco ligava. João não tinha feito mal. Se mentia, cega naquela hora.

Sábado esperou-o na janela, sorridente. Ele entrou de cara feia:

— Puxa, Maria. Me faz cada uma!

Bem pequena, sentadinha no colo. João pediu que casassem, o enxoval pronto — não podia agüentar o olho do retrato.

— Ser noivo, Maria, é muito sofredor. Tem pena de mim?

— Gosto demais, João.

— Olhe para mim. Você é sonsa, Maria?

— Eu, credo! — e o sinal-da-cruz.

Mordeu-lhe os lábios até o sangue, ela não abriu o olho.

A noiva fez todas as desfeitas. João, que era pobre, gastava o que não podia. Deu-lhe caixa de bombons, não comeu nem um, bordando o lencinho, não mais no sofá, numa cadeira longe. Atirou-os pela janela. Ele achou alguns, guardou-os no bolso e, com saudade de Maria, apertava os papéis lambuzados, recheio derretido.

As flores que trazia, ela jogava no chão — ai, nojo de rosa. Os retratos, queimou. Consumiu o véu de noiva, que tinha sido da mãe.

Em vez de o esperar, passeava à noite com Luísa. A mãe catava brasa para o ferro de roupa. Ele sentou-se no caixão da lenha.

— Nada fiz para ela, dona Rosinha. Não quer dizer por que mudou. Por que está diferente, Maria? Não gosta de mim, não é? Ela chora e me beija a mão.

Dona Rosinha enchia de brasas o ferro.

— Não sei a raiva que tem de mim. Depois que me beija a mão, pega no lencinho, desfaz todos os pontos. Fura o sofá com a agulha. No meu lugar uma cruz de furinhos! Maria, você parece doida. Já reparou, dona Rosinha, ela deu para roer unha? O pior é que não me olha. Nunca mais ela me olhou...

Sem erguer o ferro do descanso, desculpou dona Rosinha a filha que, desde pequena, esquisita. Não só com João. Com ela, que era a mãe. Fechava-se no quarto e não abria, mais que batessem. A menina saiu, dona Rosinha deparou uma cadeira diante do espelho... Ergueu a tampa do ferro, soprou as brasas:

— Não acha a Maria... estranha?

— Não, senhora — acudiu depressa, medo que fosse o fim.

Essa cadeira diante do espelho, minha filha? Maria não dizia nada. Aquela tarde a surpreendeu, aberta a porta, ali na frente do espelho... Olhava-se tão perto, na boca o vidro embaçado. Quando a mãe entrou, Maria fez sinal. Não espantasse a outra moça. Que moça? *Sua outra filha, dona Rosinha. Que mora dentro do guarda-roupa. Bastava abrir a porta, ela fugia. Agora lá dentro. Então viu a moça?*

Dona Rosinha assustou-se, foi olhar. A filha pulou da cadeira: *Mãezinha boba!* De repente se não tinha olho de louca. Bem assim: *Olho de louca!* Remexendo nas gavetas, achou retrato de tia Matilde.

— Tia Matilde... — João repetiu, a cabeça entre as mãos. — Quem era?

Muito parecida com a tia, explicou dona Rosinha. O retrato podia ser o de Maria: olho de sonsa, perdido pelos cantos. Tia Matilde sofria de ataque e morreu no asilo... Dona Rosinha chorando soprava as brasas.

Queixava-se Maria de que os pés de avenca murchavam ao seu olhar. Foi o sol, Maria, a mãe insistiu que foi o sol. O canário suspendeu o canto, coberto de piolho vermelho. Ora, peste de canário velho. Diante do guarda-roupa, chegava o rosto na face gelada do espelho. Quem dera furar o olho da outra com a agulha de tricô. Arregalando a pupila, morrer do próprio mau-olhado.

Dona Rosinha soprou o ferro frio. Não passara peça alguma de roupa: as brasas apagadas.

— Já viu, João? Minha filha de cabelo branco!

Ele não respondeu. Pensava em Maria. Meu Deus, que foi isso? No braço unhadas ferozes de gato. Mas não havia gato na casa... *Eu que fiz. Por que, Maria? Para me castigar. Olhei o pessegueiro de manhã*... Chão forrado de pêssego podre.

Esperava-o de olho fechado na sala escura. Abria depressa a porta, com ele não entrasse raio de luz. Está cega, Maria?

Nua sob o vestido provocava João: *Não é homem, João. Se fosse me levava embora. Mamãe é louca. Me espia pelos buracos. Diz que sou tia Matilde. Me fecho no quarto. Sabe o que faz? Milhares de formiguinha preta. Por baixo da porta, sobem pelos pés da cama. Cubro a cabeça com o lençol. Elas me descobrem. O corpo cheio de formiguinha. Quer ver, João?*

Terça, quinta, sábado, vem noivar sozinho. No sofá, com as duas manchas: uma, da própria mão e, a outra, da cabeça de Maria. Ali na parede o velho de bigode branco, sem piscar, seguindo-o por todo canto.

A voz no quarto escuro:

— De quem este convite, mãe? Quem vai casar? Já sei, a Matilde. Tia Matilde com o João.

Dona Rosinha serve-lhe um cafezinho. Depois abre as gavetas da cômoda. Os dois admiram o enxoval, as bolas de naftalina cada vez menores.

A Velha Querida

Ao calor das três da tarde, dormia a cidade sob o zumbido das moscas. O rapaz de linho branco dobrou a esquina — "Eis que eu vejo a sarça ardente" —, o asfalto mole e pegajoso debaixo dos pés. Todas as ruas desertas, mas não aquela, apinhada de gente e de tal maneira que transbordava das calçadas. "É um enterro", disse consigo, "mas não há morto". Arrastava-se o estranho cortejo por dois ou três quarteirões e voltava sobre os passos na busca aflita do defunto, com grupos que, ao longo das portas, apertavam-se e de repente se desfaziam — "Onde está Verônica", indagou ele, "que não canta?" Procissão triste e preguiçosa, metade a ir ou voltar e a outra metade imóvel, enquanto o cadáver, cujo fedor sebento empesta o ar e move a asa alucinada das moscas, jazia no interior de uma das casas, ainda que ninguém soubesse qual — os curiosos insinuavam as cabeças à sua procura pelas portas e janelas escancaradas. Procissão ou enterro, seguia um destino conhecido de todos. Ele abriu caminho por entre os outros, alerta para não atropelar aqueles que estacavam sem aviso ou faziam meia-volta ou enfiavam de súbito a cabeça por uma das portas e tão-somente a cabeça — raríssimo o que por elas entrava. Às portas e janelas, no místico velório, estavam alinhadas as viúvas que carpiam o mesmo defunto e pareciam de ouro na sua cara pintada. Enquanto os homens (era enterro ou procissão unicamente de homens) estavam decentemente trajados, as mulheres, empurrando-se às janelas e portas, em virtude do fogo que ardia no porão das casas decrépitas, vestiam apenas calcinha e sutiã de cores berrantes, onde predominavam o vermelho, o azul e o amarelo e, assim à vontade, eram damas de grande luxo, uma ou outra com sandália de púrpura.

Solitárias à janela ou amontoadas uma atrás da outra nos degraus vacilantes da escada, afundados no meio, de tantos passos que os subiram e desceram, todas elas, serenas ou entoando ladainha em voz baixa e lamuriosa, repetiam o mesmo gesto em que, as pontas unidas do polegar e indicador em círculo perfeito, concebiam o símbolo da inocência perdida e, sem que movessem o braço, agitavam incansavelmente a mão em todas as portas e janelas, de tal modo sincronizadas que o rapaz de linho branco acreditava-se numa loja de relógios, com seus pêndulos balançando, e única diferença era que as mãos dessas senhoras trabalhavam sem ruído. Assim estivesse atrás de um relógio, examinava cada uma, detendo-se às portas e, como os outros, introduzia a cabeça a fim de encarar as damas ou relógios que marcavam todos a mesma hora.

Quase nada empertigado, observava duro e fixo à sua frente, no cuidado do bêbado que não quer parecer que o é, e o faz planejar lucidamente (segundo ele) seu movimento seguinte, esquecendo sempre um pequeno detalhe que afinal o denuncia, assim por exemplo depois de se despir sem um erro à vista inquisitorial da esposa, apaga enfim a luz e imagina estar salvo, eis quando ouve a melíflua pergunta — *Querido, agora dorme de pijama e sapato?* Toda a cautela, pois, de não parecer embriagado, o rapaz analisava criteriosamente o mostruário de ponteiros e, consoante o seu hábito quando alcoolizado, permitia-se um comentário em tom levemente sarcástico. Resistindo ao sorriso aliciante dos dentes de ouro — "Olá, querida, as suas prendas morais quais são?" —, arrepiava caminho sob a lancinante queixa das carpideiras, indiferente ou insensível à dor que as fazia insistir no apelo monocórdio — *Vem cá, benzinho... vem cá, benzinho... vem cá, amorzinho...* E algumas, indignadas de não serem atendidas por ele ou pelos outros (senhor de guarda-chuva no braço, marinheiro bêbado, negro de pé descalço), depois de inúmeros acenos da mão livre — sem adiantar ou atrasar a marcha do pêndulo à direita —, furiosas de tanto gemer em vão, enlouquecidas por um gesto ou simples olhar, davam um passo à frente e, prendendo-lhes a mão ou o braço, atraíam-nos patamares adentro e eles se deixavam conduzir ou então lutavam por se desvencilhar. Soltando-os, prosseguiam tranqüilamente no movimento pendular, de tal sorte automático que, conversando volúveis ou absortas em meditação, não o interrompiam e as que se ocupavam em acender o cigarro, chupar sorvete ou descascar tangerina, faziam-no com a outra mão (a esquerda).

Após longa espreita, no meio da rua a princípio, depois na calçada e afinal no limiar, ele subiu os degraus, enquanto se defendia da mulata gorda, que lhe enlaçou perdidamente o pescoço, mas como permanecesse, o pé no ar, vigiando impávido em frente, deixou-o seguir, não sem que ele notasse numa das coxas a tatuagem do coração azul e, dentro do coração, um nome que, por coincidência, era o seu próprio. Havia cinco senhoras no corredor, além da mulata, e as que se dispunham ao longo dos degraus abriam alas para as últimas, sentadas em cadeiras comuns, das quais (mulheres) uma — a derradeira e a que buscara com tanto afã, impaciência e uma ponta de desespero — instalara-se em cadeira antiga de vime, a única que poderia descansá-la, após tão implacável perseguição. Fitaram-no com sorrisos insinuantes, não ela, olhos tímidos sobre as mãos fatigadas. O rapaz estava de linho branco e gravata de bolinha e, posto nem uma desconfiasse do seu negro coração, a velha — pois era uma velha — mantinha a cabeça baixa e, na postura indefesa e nostálgica, parecia capaz de chorar por ele que, vencido o quarto degrau, alcançou o corredor e até que enfim a cadeira. De pé a seu lado, notou que aparava furtiva com uma tesourinha a unha grossa do polegar, e com voz que não era a sua, de tão rouca:

— Você é toda minha, querida?

Enquanto as demais senhoras, nos degraus e nas cadeiras, eternamente a girar seus pêndulos, viravam-se para ele, admiradas da emoção que lhe gemia na voz — e deveras comovido porque ia finalmente ter a sua velha — a velha (que podia ser a mãe e a avó de todas e não se confundia com nem uma outra porque era a única vestida) ergueu-se com dificuldade, apoiada nos braços da cadeira e, sem interesse ao menos de olhá-lo, enfiou pelo corredor escuro, indicando com voz cansada e displicente, de tantos anos esquecida na cadeira amarela de vime:

— Por aqui.

Desconsolada ou preguiçosa, seguiu à sua frente, estalando o chinelinho de pano. Ao passo que não sentira curiosidade pela nudez das outras, sugerida ou devassada por entre o sutiã e a calcinha, tremia ao sonhar com as intimidades da velha, pois pensava nela como "A sua velha", merecida e enfim conquistada na mais feroz caça às velhinhas de Curitiba, a qual trajava — apesar do calor e do traje oficial de duas peças coloridas — vestido singelo de algodão, sem mangas e outrora encarnado. Arrastava o chinelo, com pé inchado de gordas veias azuis e, atrás dela, sem que pudesse adivinhar-lhe as formas, porque era antes mortalha o tal vestido vermelho, o rapaz enxugava o suor das mãos na expectativa do mistério daquele enterro ou procissão que, se bem não o merecesse, por certo lhe desvendaria graças aos inúmeros lustros de vivência. No fim do corredor em penumbra, que exalava forte à creolina, a velha abriu uma porta, os dois entraram.

O quarto era separado do corredor por um tabique pouco mais alto que as cabeças e mobiliado apenas de cama e mesa de cabeceira. Olhando a pobre cama coberta por uma colcha esverdinhada, estendida com desleixo ou às pressas, quem sabe usada havia pouco, o moço voltou-se para a companheira imóvel ao lado da porta aberta:

— A boneca? Onde está a boneca?

Era verdade, sentia a ausência da boneca de cachos, sentadinha na colcha purpurina e, encontrando os olhos ausentes ou distraídos da criatura, já se apressava a corrigir enquanto reconhecia com espanto que não envelhecem os olhos — ao menos os azuis —, dirigindo-lhe o primeiro dos galanteios que se atropelavam nos lábios sôfregos:

— Ela é você, querida. É você a boneca.

Ela sorriu com a dentadura antiga, em que as gengivas eram de qualquer tonalidade menos de carne e os dentes alvares como dentes jamais usados. Despindo-se, eis que se persignava — "Deus louvado, tenho a minha velha, eu que não mereço a última das mulheres, nenhuma é suficientemente indigna para mim" —, enquanto ela, com a mão na bola da maçaneta, o que a fazia mais desejável, assim quisera fugir-lhe antes que a pudesse ter, espiava-o a despir-se com inesperada pressa, pendurando o paletó no prego que ela indicou atrás da porta, estendendo a calça e a camisa ao pé da cama. Já descartava o sapato, e somente então — ainda se recusando como se nunca fosse ganhá-la — a velha murmurou em voz baixa, onde percebeu acento estrangeiro:

— Já volto, nón?

Deixou de escutar os chinelos, estendeu-se apenas de meias na cama e, por maior que fosse o terror de percevejo, largou todo o peso sobre a colcha assinalada aqui e ali de manchas. Estava em paz consigo, pensava que estava ou procurava fingir que estava, até que descobriu dois ou três orifícios no tabique por onde o olho que tudo vê, seja ou não olho de Deus, poderia espioná-lo e, cruzando as mãos na nuca, pois a cama não tinha travesseiro, observou a lâmpada que sobre a sua cabeça pendia de um fio pontilhado de moscas mortas. Depois de admirar a lâmpada envolta em papel de seda escarlate e a parede manchada de goteiras, identificou atrás da porta o retrato colorido de Ramon Novarro, do qual desviou depressa os olhos, porque um dia — ai, que náusea lhe vinha daquele dia — quisera ser Ramon Novarro enquanto, lá do corredor, chegava o eco das carpideiras. Sem ouvi-las dialogar, distinguia as vozes apenas quando elevadas ao tom mais alto de sua monótona litania — *Vem cá, amorzinho... vem cá, meu bem... vem cá, benzinho... ó você aí, ó zarolho, vem cá ... ó belezinha, vem cá...*

Não tinha janela o quarto, de repente aflito. "Não é um quarto", pôs-se a repetir, "é a alcova da perdição". Gemia de impaciência com a demora da velha e, se não voltasse, temia pelo que pudesse acontecer. Já pensava em iniciar padre-nosso ou ave-maria quando ela entrou, desdenhosa de sua nudez e belezas que o próprio Ramon Novarro invejaria.

— Quer pagar, bem?

Fechou a porta apenas com a maçaneta, impassível ao lado da cama e, embora fosse uma súplica no ritual da paixão, não estendia sequer os dedos. Sem discutir o preço, ele apanhou do bolso da calça a maior nota:

— O troco é seu, querida.

Primeira vez ela sorriu e tudo nela era primeira vez. Segurou o dinheiro e o óculo na mão, enquanto se desfazia do vestido pela cabeça, a despentear o cabelo grisalho na testa e nas têmporas.

— Quer que tire?

Depois de arrumar o vestido ao pé da cama, indicou o trapo de algodão, sob o qual o rapaz adivinhava o seio pendente e murcho, cabelo no biquinho preto. Resposta negativa, ela que conservava o dinheiro na mão, dobrou-o e guardou no sutiã. Ainda de pé, abriu-lhe os moles braços alvacentos de mãe d'água, nos quais surpreendeu o primeiro sinal de sedução: axila depilada, e pensou — "Sob a velha dorme a cortesã" que, com algum esforço, ajoelhou-se na cama e, ao tilintarem duas ou três medalhinhas no pescoço, atirou-as para as costas. Afastou-as simplesmente, não as atirou, a velha era lerda e trazia nos gestos graves o sossego adquirido na cadeira de vime e, enquanto isso, o rapaz percorria-lhe vagarosamente as costas lisinhas com os dedos de quem acaricia um bicho de estimação até que encontraram caroço ou verruga, começando então a descrever lentos círculos, que fugiam e voltavam sempre àquele duro nódulo e ele se pôs a engolir em seco. Mão viscosa de suor, agarrou brutalmente a nuca da velha, que tinha os cabelos curtos e, atraindo-a para si, constatava a relutância dela ainda se negando ao seu feroz desejo. Girou de leve a cabeça para a mesa, onde havia um rolo de papel, quis estender a mão, porém o rapaz a impediu e, já de olho fechado, aproximava-lhe aos poucos a cabeça da sua, entre os protestos inúteis de — *Nón... nón... Na boca nón...*, beijando-a enfim e, até no beijo, a velha resistia, sem descerrar os lábios frios e enrugados, presa a dentadura com a ponta da língua no céu da boca.

Recomposta a avozinha na sua mortalha quando ele abriu os olhos em agonia, pois o amor não o esvaziara do desprezo de si mesmo. Ao erguer-se, a colcha colada de suor nas costas, decidiu que não se lavaria, para conservar entre as mãos peganhentas o odor de carne mofada da velha que, com toda a febre da luxúria, não tinha uma gotícula no rosto. Nem um dos dois se penteou e, com a ponta dos dedos, um dos quais enfeitado por anel de falso rubi, alisando os cabelos brancos e alvoroçados na nuca, ela pediu:

— Tire o batón.

O rapaz não aceitou o retalho de papel e esfregou a boca no lenço:

— A mais doce lembrança!

Quedaram-se diante da porta e primeira vez o encarava:

— Volta, nón?

— Como é seu nome?

— Pergunta por Sofia.

Ele não pôde abrir a porta, com a bola amarela a escorregar entre os dedos.

— Eu sabe o jeito, bem.

Desta vez o moço seguiu na frente. No umbral do corredor ensolarado, as mulheres estavam no mesmo lugar e a mulata chupando uma laranja e cuspindo as sementes, que bem podiam ser as da inveja, resmungou para os dois — *Eu, hein? Eu, hein?*

Adeus à sua velha querida, beijou a mão gélida. Desceu os degraus, atravessou a rua e, piscando ao sol, esperou na esquina. A casa tinha uma única janela e aguardou que a mão com o falso rubi acenasse por entre as palhetas verdes da veneziana, e tão-somente a mão, tinha vergonha dele ou por ele. "Posso ir para casa", pensou o moço, "abraçar minha mulher e beijar meus filhos. Agora me sinto bem".

Misturou-se com o povo que, ora diante das portas, ora de cabeça erguida para as janelas, adorava as imagens douradas nos seus nichos, dir-se-ia indiferentes à aflição dos homens, não fora o gesto de esperança com que todas balouçavam a mão direita, unindo em círculo perfeito o polegar e o indicador, no convite ao gozo da inocência perdida e recuperada, até que o rapaz de linho branco as deixou para trás, enquanto duas varejeiras lhe zumbiam em volta da cabeça e mais uma vez repetiu: "Tudo já passou. Não foi nada. Já passou. Agora estou bem."

Asa da Ema

Sem experiência de solidão, os novos presos eram barulhentos e inquietos: batiam nas grades a caneca de lata, andavam sem parar na cela, gritavam palavrões à janela. Seus brados não eram ouvidos na estrada, onde os carros erguiam nuvem de pó — o pó vermelho que mais tarde assentava nas mãos cruzadas de Trajano. A gente ao longe distinguia nas janelas o reflexo dos espelhos com que os prisioneiros descobriam a paisagem.

Um deles enfeitiçou-se pela dona — seria menina ou velha? — que de um quintal acenou para a cadeia. O preso convenceu-se de que fora para ele. Anos depois (um simples vestido secando no arame) descrevia o seu idílio com tal mulher.

Trajano sem bulir horas a fio, já não limpava nos dedos o sangue invisível. Nem subia na cama para olhar pela grade: o seu mundo janela dentro. Ecos da cidade distante, isolava-os de sua fonte: ouvia o sino, o apito, o zumbido, sem pensar no avião, no trem e na igreja. Debaixo da janela, os pingos no rosto, sem que pensasse: a chuva, está chovendo.

Pudera com o pior inimigo — o domingo. Vento aflitivo irrompia nos corredores: sineta de missa, a faixa de sol no chão, alegre vozeio feminino no pátio... Todos os presos, vacas à passagem do trem, olhavam as portas. Outros dias, podiam circular pelas galerias. Domingo, trancada a porta, satisfaziam-se nos baldes, que exalavam no fundo da cela. Moringas vazias... Inútil rolarem a caneca na grade, sedentos da cachaça no bafo dos guardas.

À janela o eterno imprudente com seu espelho. Os bem-comportados, esses tinham direito a visita e, se era mulher, depois que ela partia, procuravam o canto mais escuro. Trajano jamais recebeu visita: estirava-se no catre, sem se mexer, sem pensar em nada. Desprezava a réstia de sol que durante a manhã se oferecia a seus pés.

Alguns mastigavam bolas de papel, atiravam-nas contra o teto, ali grudadas pela saliva. Das bolas por um fio pendiam fitas vermelha e azul. Deitados, contemplavam as nuvens coloridas, agitadas pelo vento entre as altas grades.

Outros guardavam migalhas para o ratão gordo que corria os cubículos — no de Trajano ele não entrava. O mais pobre dos presos, não se afligia com ladrão. Seus bens um pente, espelhinho redondo, medalha de cobre no pescoço. Os reclusos garatujavam na parede o bicho de duas costas, a lua, o sol, coração gotejando sangue. Na cafua de Trajano só mancha de umidade.

No seu oitavo ano, ordem de alfabetização. Desde a primeira aula, a professora reparou no moço de barbicha rala, cabelo molhado na testa, um remoinho atrás, por estar sempre deitado. Distribuía os cadernos, corrigida a lição e, antes de receber o seu, Trajano enxugava a mão na calça riscada.

Demais o calor, na sala abafada o odor sebento dos prisioneiros. O pó de giz borrifava a saia preta de Gracinda. Todos a desnudavam por entre as pálpebras. Nem um copiava a frase que ela escrevia no quadro: ASA DA EMA.

Na primeira fila deu com ele e, no branco do olho, a pinta vermelha. Ao recolher os cadernos observou a mão que tremia. Em casa, fechou a porta do quarto, antes de emendar as lições — único aluno de unhas limpas. Como pudera deixá-las crescer sem quebrar: longas, em pontas, fantásticas meias-luas? Abrindo o caderno achou, em vez da lição, um desenho obsceno. Não tinha poder de o destruir nem lugar seguro para escondê-lo — ou para a moça livrar-se dele. Guardou-o entre seu corpo e o vestido. Desobedecendo ao pai, não voltou à penitenciária — exceção de Trajano, nem um detento aprendeu a ler.

A sombra do casarão arrastava-se no fim da tarde, para atingir a estrada e, do outro lado, a sua casa. Ao saber do pai que os prisioneiros, com o espelhinho na palma da mão, vigiavam a paisagem, não surpreendeu no rosto de um aluno, dentro da escola, a pinta vermelha no olho e, meu Deus, em qual deles? A veneziana do quarto dava para o presídio. Gracinda deixou de a abrir e despia-se no escuro. Uma noite postou-se nua diante da janela, era lua cheia para que a pudesse ver.

Trajano queixou-se de inchaço. O dentista não descobriu dente cariado e ficou de bochecha intumescida, lenço amarrado no queixo. As paredes cobertas por imagem sórdida e nos espaços em branco a frase da cartilha: *Asa da Ema*.

Depois atormentado pelos bichos: a cabeça encheu-se de piolho, tiveram de a rapar. Seu estrado fervia de percevejos. No sono o ratão mordeu-lhe o dedo grande do pé.

Provocou os tipos mais perigosos, sem que aceitassem o desafio. Agrediu o carcereiro, encerrado na solitária. Gritou até perder a voz e, quando saiu, havia roído tanto as unhas que os dedos sangravam. Pendurado nas grades, rolava exausto ao chão. Mesmo à noite, espelho lá fora, sem nada enxergar — apenas, a um gesto convulso, o próprio rosto lívido. Nada viu, a não ser (os presos sofrem a influência da lua) a moça que se despia à janela e penteava o longo cabelo negro.

Lidava na horta, erguia a cabeça e afrontava o sol — queria ficar cego? Esfregando a colher no cimento fizera um estoque, em surdina afiava a ponta. Dos restos de sabão modelou boneco, beijava-lhe os pés, cravava um alfinete no peito. E, dormindo, sonhava com a professora nua.

Ziziava o sol em todas as vidraças, a mocinha de volta para casa. Trajano evitou o arame farpado, feriu-se nos cacos de vidro do muro. Diante da casa os dois se encontraram. O sargento estava almoçando. Gracinda não gritou, os cadernos espalhados em roda.

Trajano surgiu na estrada — os pés descalços erguiam pequenas nuvens de pó. Cambaleava, cansado da fuga. Limpou a boca nas costas da mão — a mão crispada sobre o estoque. Chocou-se contra a moça que estendeu os braços para o repelir ou abraçar, e rolaram pelo chão.

A mãe aos gritos na porta. Acorreu o sargento em socorro da filha, golpeada vinte e três vezes. Enquanto lhe mordia o rosto e rasgava a blusa de cambraia, beijando-a e gemendo de amor, o preso enterrava o estoque no próprio peito.

O sargento separou os dois com dificuldade. Ainda que o moço estivesse morto, deu-lhe um tiro no rosto, sumido terra dentro. Enfiou o corpo na fossa negra.

Gracinda em uniforme de normalista, véu branco de filó, para esconder os beijos. O sargento não a viu no caixão (com a fita azul de filha de Maria, morreu virgem) nem acompanhou o enterro, defendendo contra os coveiros o corpo de Trajano. Do casarão cinzento os presos seguiam no espelho o vôo dos corvos que fechavam seus círculos. Já se infiltrava com o pó da estrada, por entre os corredores, no fundo das celas, sob a porta da solitária, a doce catinga dos mortos.

O Domingo

Marta o chamou para a cama e o seduziu com um copo de vinho. Bem a velha prevenira: *Meu filho, tua perdição é a bebida. Desgraçou teu pai.* Lucas sabia (apenas ele) que não foi o vinho: foi o domingo.

Ali na cama o domingo, com pernilongo e pastel de vento — o papo de sapo arfando no peito. Marta dormia e, quando roncasse, ele desceria ao porão atrás da panela enterrada.

Domingo de antanho podia, a qualquer hora, baixar ao porão... Lá fora os sapatos do vento pisoteavam as folhas secas da laranjeira — quando havia laranjeira. Retorcido na cama, ele se coçava, fumava e, roendo com delícia a unha amarela, lambia o sangue. Fim do cigarro, umedecia a ponta e atirava-o contra o teto. Grudado entre dezenas de outros: o céu de Lucas.

Já não estava só: na toalha de rosto, como no lenço de Verônica, a boquinha pintada. Cabelos ruivos na pia, o vestido com duas rodelas de suor e, no espelho, o rosto intruso. Dele fazia parte, o sangue da pulga na cueca, a caspa no paletó ao fim do dia.

O domingo era de Marta, a cada dia o seu santo. Depois de beber, ele sentia falta de ar e, a janela aberta, os pernilongos invadiam o quarto. Escutava a queda dos besouros sob a lâmpada de esquina — caíam de costas e, sem poder se virar, esfregavam as patinhas. Uma torneira pingava na folha de zinco. O piá batia nos fundos para comprar pão e banana.

O bonde estremecia a casa, derrubava o pó amarelo das paredes. O ronco na garganta do dorminhoco, ratos corriam pelo forro. Lucas suplicou de mãos juntas: "Amanhã o último dia. O dia de nossa ruína, Marta! Um título a pagar. Não há dinheiro em caixa." Ela fez cruzes, o dinheiro não dava. Pela rua o oficial de justiça arrastaria a cama, gotas de vinho no lençol.

Anos perdidos atrás do balcão, as cocadas azedando no vidro, o coro das negras que o turco da esquina vendia mais barato. Lançava raízes o feijão, voavam borboletas do milho carunchado — não havia de baixar um tostão e, enchendo o prato, comeria desse feijão.

"Me morda, pernilongo. Morda Marta também." Ao acordar, ele a chamava de "Meu amor, minha flor." Pálpebra cerrada, o lustro da noite na cara. Começava a beijá-la, uma borboleta a desprender das asas o pó venenoso. Ele saltava da cama, descia a escada pingando pelo chão — antes que Marta abrisse o olho.

A culpa foi de seu cheiro, quando Marta tinha cheiro. Ria com as outras (ria-se de Lucas, a pérfida), ele não podia, o lábio duro. Pagava ao menino que lhe levasse o maior pacote de bala azedinha: *Aquele moço de azul mandou.* Perna cruzada, exibindo a liga vermelha. Lucas não queria olhar, uma ruindade por dentro.

Dona de olho verde não é séria! — insistiu mais de uma vez a velha. Até casar com Marta, não reparou que era verde. À noite, arrepios no corpo, pensava nela e todos os pernilongos zumbiam o seu nome.

Bons tempos, bebia cerveja no quarto, olhava pela janela ou para ela, em combinação branca. Domingo de sol, as folhas da laranjeira batiam asas numa gritaria — os pardais. Anoitecia, baixava a vidraça por causa dos pernilongos. Os olhos de Marta brilhando no escuro. Acendia-se a lâmpada na esquina, ele a deitava na cama, os besouros caíam lá fora.

Era Marta e o filho. Ela o ensinou a furtar do bolso de Lucas, que não gastasse com as damas do 111. Abria a cinta de couro negro:

— Vem cá, Chiquinho.

Cego, batia com a fivela. Cansado de surrar, fechava-o no quarto escuro. À noite, o filho beijava a mão de Lucas e pedia a bênção.

Marta não podia entender:

— Não gosta do teu filho, Lucas?

Grande olho verde, o vício de abrir a gaveta do balcão.

— Vem cá, Chiquinho, apanhar!

— Não fui eu, pai, pelo amor de Deus. Juro que não fui.

— Não jure falso, menino. Deus castiga.

— Mãe, acuda. Papai me mata. Não dê na cabeça, pai. Na cabeça, não!

Nojo de piá. Pidões, menores que o balcão, lambiam o vidro de cocadas. Pedinchavam banana velha, pulavam a cerca para roubar laranja. Lucas abateu a laranjeira do quintal — laranja é que não. Sonhava com roseiras em volta da casa por amor dos espinhos... E a rosa, como não dar a ninguém?

— Hoje tem cocada, meus anjinhos. Cocada branca, vermelha e preta. A cocada é para vender... Lambam o vidro, meus anjinhos!

Atirava uma banana podre. Os piás rolavam no pó. O vencedor fugia, os outros no encalço, a fruta moída na mão.

Marta, lá estava, a bradar na escada: *Tem freguês. Lucas, tem freguês...* Pela casa em combinação preta, nódoas de gordura na barriga. Ao entrar no quarto, ele sentia a catinga de cachorro molhado.

Eis o oficial da justiça, cara balofa, pasta sebenta no braço.

— Não está. O senhor Lucas saiu. Hoje não volta.

O espião rondando a porta. Marta chamou da cozinha:

— Lucas, a sopa esfria.

Serviu ao outro um copo de cachaça.

— Querendo fugir? — A cara vermelha inchou, língua de piá com sarampo. — O distinto pode ir preso.

— Tenha pena do meu filho!

Chorou na frente das negras, os piás metiam os dedos no boião de cocadas. Deu-lhe as costas o oficial, suspendeu-os pela orelha, corvos a bicar o lixo dos pais.

Marta prendeu-se a ele, como o domingo ao sábado, na cola de cada sábado. Ela e a voz rouca de berrar ao pé da escada: *Tem freguês. Lucas, tem freguês*. Primeiro dia, estirada na cama, a boca aberta sob nuvem de pernilongo, ele se benzeu: "O que é do homem o bicho não come. Deus seja louvado".

Ela fez cruzes, não tinha como pagar a dívida. Manhã cedo o oficial de justiça bateria palmas. Escancarando a porta, Lucas mostrou os sacos de feijão bichado. Ofereceu à penhora a máquina de costura de Marta...

Ela se deitou em todas as camas, e depois de velha, na cama de Lucas:

— Tudo mentira, Lucas. Sou moça, Lucas. Ó, meu Lucas...

Era noite à sombra dos muros. Marta enfiava a unha sob a camisa, tirava-lhe sangue do peito. À espera, o gordo de branco, na porta da pensão.

— É papai. Me acuda, Lucas. Quer me matar. Ele bebe. Depois fica louco. Me salve, meu bem.

Na casa da velha, Marta não entrou. Ficou na porta, as rodelas de suor no vestido, o grande olho fora da cara. Ele tomou a bênção e sentou-se diante da velha, as mãos na cabeça:

— Estou perdido, mãe! O pai de Marta quer matá-la. Um passeio inocente. Agora o pai no portão.

— Lucas, não seja bobo. Pai e filha lá se entendem. Não sabe quem ela é?

— Sei, mãe. É mentira.

Na rua, Marta o prendia à sombra de cada muro.

— Você quer, Lucas? Não me quer, ó Lucas?

Levou-a para o seu ninho — "A quitanda do Lucas." Estavam na cama, alguém bateu na porta dos fundos, como os fregueses de domingo: o gordo, de branco e bengala, era o pai, um sargento de uniforme o irmão. Não andaram atrás dela por outras camas — o nome de Lucas na parede.

A quitanda não dava lucro. A vez de sustentar a casa com o salário de professora: os impostos, a garrafa de vinho no domingo, a meia sola no sapato de Lucas. Sua parte ele já entregara. Agora comia o feijão podre, podia mastigar bichos no almoço e no jantar: a panela escondida. Envelheceria ao balcão, um palito nos dentes, vendendo pão e banana.

Marta e o filho saíam. Ele trancava a porta, descia ao porão. Boca aberta, a grunhir para o dinheiro — era seu, não dava a ninguém.

Marta revistava os bolsos, achou o retrato da Margô do 111. Espiava pela fechadura do banheiro, a panela jamais descobriu. Os ratos, esses não o deixavam em paz. Espalhou fatias de pão com arsênico e geléia de uva. Os ratões morreram atrás dos sacos, no ralo da pia, dentro da caixa d'água. Foi uma fedentina, bem que dormiu.

Na língua e na alma a saburra do carrascão: domingo. Lucas afastava o prato:

— Sopa de feijão é comida?

Marta ia fritar lingüiça.

— Não tem cerveja?

Havia de comer e beber sem pagar.

— Chiquinho quer um gole, Lucas.

— Já te dou! Criança toma água.

No domingo até o filho queria cerveja.

— São bichas, Lucas!

Ainda sentado, abria a cinta:

— Já curo as bichas.

— Não se enerve, Lucas. Dia de Nosso Senhor. Por favor, Lucas. Faça isso por mim. Não surre o Chiquinho.

— Me larga, mulher! — sacudiu-a como um cão as suas varejeiras.

O filho tremia no canto, dedos na boca para não gritar.

— Por que não morre, ó mulher? — grandes garfadas de lingüiça frita, espuma na boca raivosa.

Vestiu o paletó, contou as moedas.

— Chiquinho, vem cá.

— Senhor?

— Tirou dinheiro do bolso?

— Não tirei, não senhor. Juro que não tirei! — e estrebuchava com ataque de bichas.

O pai cuspiu no soalho:

— Erga-se daí, Chiquinho. Antes do cuspo secar!

Da cama, sonolento, via a panela no fundo do porão: os ratos roendo. Sem ar no quarto. Marta dormia, o filho dormia — o papo de sapo saltando no peito.

No prato de sopa achou um cabelo e exibiu com nojo: cabelo branco de Marta. Ela o depositou no seu prato, mexeu com a colher:

— O que é do homem, Lucas, o bicho não come!

Outra vez domingo à sombra dos muros:

— Não tenho mãe, Lucas. Pena de mim, ó meu amor. Papai me mata de tanta surra. Ciúme de mim com meu irmão que é sargento.

Lucas riscando fósforos pela escada. Não acendeu a luz, que ela não visse o céu de cigarros. À claridade da lâmpada de esquina, deitou-a na cama. Rolou de costas, besouro sem poder se virar. Bebia o vinho no mesmo copo, uivava se fosse moça — o gemido silenciava os pernilongos. Tinha de beijá-la, que não gritasse: *Mais, ó meu Lucas, sempre mais.*

Dia seguinte era domingo, ela dormia. Lucas ergueu o lençol, manchado de vinho, à procura de uma gota de sangue.

A Aranha

— Uma aranha no meu copo — anunciou Lineu em voz baixa. — Você viu?

O amigo olhou depressa para o copo.

— Uma bruta aranha cabeluda!

Desceu-lhe pela perna e sumiu. Se o outro fazia o maior dos favores. Que lhe desse a mão. O amigo segurou a mão de Lineu por baixo da mesa.

Bobagem, não era nada. Lineu devia comer alguma coisa. Disse que não podia — nojo de comida. A mão parou de tremer, suava o frio da morte. Pediu ao amigo que o levasse dali. Pouco além do botequim era a casa.

— Não me deixe só.

O amigo entrou com Lineu que, da sala, ao ouvir os passos da mulher, esgueirou-se no quarto.

— Boa-tarde, dona Alice.

Ela fechou no peito o velho quimono azul de bolinha.

— Onde está?

Lineu fora deitar-se. Não se incomodasse, mal de estômago. Do quarto, a porta aberta, nenhum som.

— O senhor sente-se.

Instalou-se na cadeira de palhinha.

— Mal de estômago? — repetiu a mulher.

Com o pano esfregou o canto da mesinha.

— Um pó que deixa a gente louca!

Mudou de lugar o elefante vermelho de louça.

— Bêbado que está.

Do corredor surgiu a filha de Lineu. O amigo prendia o olho num ponto, as paredes não girassem. Sobre a porta, São Jorge matando o dragão.

— Bem capaz de sapato na cama.

O velho dragão com a língua de duas pontas.

— Deixe o tio em paz.

A mãozinha beliscava insistente:

— Dinheiro, tio. Dá dinheiro!

Uma, duas, três moedas, a mãe despediu a menina:

— Brincar no quintal, minha filha.

Outra vez diante dele:

— O senhor viu? Nem dó desse anjinho!

Que tinha um compromisso.

— Já faço um cafezinho.

— Não se incomode, dona Alice.

— Incômodo não — e saiu.

Fugia o soalho debaixo dos pés. Escutou à porta do quarto.

Dona Alice agora de saia preta e blusa verde, bracinho roliço. Lábio pintado, uma pérola na orelha, ainda de chinelo... Inquieta, olhava-se de relance ao espelho.

— Ah, e o chapéu?

O amigo sorriu, sem coragem de explicar.

— Em todo botequim um chapéu esquecido... — ela devolveu o sorriso.

Reparou no chinelinho que estalava a cada passo — um chinelo aberto, exibindo as unhas encarnadas. De volta na cadeira em frente.

— O senhor desculpe. Tenho de desabafar. Ninguém sabe a vida que levo.

Debruçada demais e, tanto perfume, o amigo sentia-se enjoado.

— Casei por amor.

Cruzava a perna, sacudia o chinelinho no calcanhar. Moço que prometia, disse ela, com emprego no banco. Casada cinco anos. Não podia mais...

— Perdido no vício — e correu-lhe no braço a alça da combinação.

Não havia emprego que servisse, disse ela. De casa para o escritório, entrava no primeiro botequim.

O amigo encantado pela alça: negra e rendada. Ao suspendê-la, dona Alice enfiava a mão no decote, estremecia o vale de sombra entre os seios.

Amor por um homem que, segundo ela, não mudava a roupa, não fazia a barba. Nem sabia lavar de manhã o rosto. Grande porcalhão — cada vez que chupava o dente, ânsia de gritar.

Não fosse a filha, que seria de sua vida? Borracho, a camisa manchada de batom. Também ela podia ter aventura, era moça.

O amigo pensava em Lineu, a ouvir lá do quarto — no escuro, morrendo de medo da aranha, ninguém que lhe desse a mão.

Dona Alice queria saber se isso era vida. Em vez de sacrificar-se na cozinha, costurar para fora por amor do bêbado...

— Acha que sou bonita?

Inclinava-se, sorrindo o grande olho azul. Ele ficou de pé. Doente, a náusea à flor da língua. A mulher indicou a porta:

— O porco dormindo.

Ergueu-se na ponta do chinelo. Olho aberto beijou-o na boca.

Ponto de Crochê

... Ponto de uma laçada, meio ponto, sob o vidrilho azul do abajur, pontas de agulha que revolvem a memória, menina de tranças no espelho dourado da sala, oh! banguela, oh! cirandinha, meu anel era de vidro, você é mulher imprestável; por favor, mãe, o grande leão do circo. De quem o retrato, Gabriel? Essa fulana quem é?

Três trancinhas, meio ponto, ponto de duas laçadas, boca do filho mordendo-lhe o seio. Perdão, mãe, não faço mais, o leão de boca escancarada no picadeiro; ervilhas para o almoço, quanto é a dúzia de ovos? Vinte anos de casados, vamos celebrar, Gabriel? Que a Anita brigou com o noivo, não? pois brigou. Meu filho, respeite seu pai, disse Jesus, ponto, meio ponto. Meu pai é um cretino. Ora, um dia igual aos outros... Bigode de homem na água trêmula e, Jesus Maria José, se tivesse fugido como a Alzira?

Desmanchar o ponto, errou.

Falaria com o filho, véu preto no rosto, anéis no dedo. Arroz, feijão, carne assada, a ervilha quanto é? Mano Ismael, desquitado da mulher à-toa (sorriso desdenhoso da mulata), por onde andará o filho? Tantos cruzeiros numa xícara do guarda-louça, a última no canto, três trancinhas, meio ponto: tudo teu, Joãozinho. Verde olho daquele homem, o rol da roupa suja: Onde está a abotoadura?

O gato comeu, disse, rindo-se ao vê-lo em cueca xadrez. Mãe, quem é a mulher do retrato? Essa fulana levou seu pai à falência. Meu pai é um cretino. Gabriel chorando, a cabeça nas mãos.

Homem fraco, ponto de duas laçadas. Uma vez, numa rua, numa tarde, uma vez, numa rua, numa tarde, um homem. Dedos alheios dirigindo a agulha, mãe, olha lá o leão.

Gosta deste quimono? Não elogiou o quimono de seda, a mão sem ruído cruzando o fio, irresistível fim de tudo, duas solteironas à janela — o sol na parede amarela. Menina de tranças diante do espelho, o chinelo gasto a seus pés, ao lado da cestinha de costura: uma, duas, três meias a cerzir. Amanhã quinta-feira, macarrão para o almoço — mais pó sobre os móveis.

11 de março de 1945, a missa para as almas do purgatório. Longe da aflição das mães, o padre no confessionário, uma vez, numa rua, numa tarde, um homem; ponto, meio ponto, ponto, como é linda essa valsa, dançá-la bom seria. A porta da rua que se abre, passos pesados de homem no corredor, paz.

Um ponto, um pensamento, e outro, depois outro, o silêncio da madrugada. Gabriel bêbado que chegou da farra: Por tua causa, Colombina, passei um triste carnaval... Sonhou com dona Matilde, dedo gelado de morta, a face perdida na sombra: meu filho, quer arroz? meu filho, quer um copo de leite? Meu filho, não quer.

E disse, o negro véu molhado na boca: Do que eu mais gosto é de um copo de cerveja. Gabriel deixar o vício? Se contasse o sonho... Não, rir-se-iam, pai e filho, da pobre Matilde. O velho chapéu no cabide, anúncio de sua volta. Dedos velozes sob o vidrilho azul: sou feia? dona sedutora? Por tua causa, Colombina.

Vestido vermelho de veludo, anéis nos dez dedos, uma pérola na orelha, mulher chorando na tarde, ponto de duas laçadas — o sorriso desdenhoso na lágrima. Guardou o novelo, a agulha, a toalha na cestinha. Ergueu o rosto para o corredor iluminado, os passos agora mais perto.

João Nicolau

João Nicolau se fez homem: mascou fumo e cuspiu negro. Calçou as botas de cano alto, herança do pai, beijou os cabelos brancos da mãe e, sem dinheiro para o trem, seguiu rumo da cidade. No caminho pediu um copo d'água a moça na varanda com trepadeiras de glicínia. O pai Bortolão ofereceu-lhe teto e comida para consertar o paiol.

À noite, de botas na varanda, conversava com Negrinha, o perfume não sabia se dela ou da glicínia. Morreu de nó-nas-tripas uma tia da moça. No guardamento, ele emborcou dois copos de cachaça, por insistência do pai. Negrinha foi procurá-lo no paiol, deitada com ele na cama de palha. Madrugada, ela dormia. João sumiu sem esperar pelo enterro.

Ao ouvir tropel de cavalo, saía da estrada. Embora sedento, não bateu a nenhuma porta. As botas lhe feriam os pés, cada vez mais longe a cidade. Descalçava-as para se coçar. Negrinha as esfregara com pó-de-mico a fim de impedir a fuga.

Os pés em fogo, arrastou-se até o casarão com a tabuleta na porta — Ao Grito da Independência, onde pediu pouso. Dia seguinte esquecia-se de partir: os seus olhos azuis estavam vermelhos de tanto seguir a filha do hoteleiro. Cristina enrolava o loiro cabelo em duas tranças, uma fita encarnada nas pontas. Seu corpo, tão branco, de noite era peixe fosforescente na água escura.

Ela mesma costurou o vestido de noiva. João envergou o terno azul do sogro. Nas últimas forças, o pobre velho pediu-lhe uma água milagrosa. Primeira vez viajou de trem, a pasta de couro marrom no braço.

Na cidade foi preso por um investigador, compadre de Bortolão. Passou a noite entre bêbados e ladrões, com sede bebeu a água preciosa da garrafa. Pela manhã conduzido ao cartório mais Negrinha e o pai, ela grávida de três meses. Se não reparasse o mal, sete anos de prisão. João Nicolau jurou que a amava e casou-se diante do juiz.

Despediu-se do sogro e do investigador, a promessa de bem cuidar da moça. Bortolão deu-lhe um dinheirinho e os acompanhou à estação. O herói, ausente meia hora, voltou com a pasta abarrotada — além do farnel, uma corda, uma garrucha, um punhal.

Embarcou no trem com Negrinha e, ao cair da noite, desceram na estação deserta.

Na estrada convidou-a para a merenda sobre um toco de pinheiro. Negrinha comia pão e lingüiça, quando a atacou pelas costas, ferindo-lhe o pescoço com o punhal. Deu um grito e rolou desmaiada. João Nicolau viu-a cair e, ao acreditá-la morta, guardou a garrucha. Com a corda pendurou-a de cabeça para baixo a uma pitangueira, assim perderia todo o sangue.

Às perguntas da velha mãe respondeu que, no caminho, sangrou um porco. Mal se afastara, Negrinha tornou a si e, livrando os pés, arrastou-se a uma casa. João Nicolau foi preso: delirava com peixes fosforescentes. Na cadeia chorou arrependido e batia a cabeça na parede. O carcereiro deu-lhe fuga em troca das famosas botas.

Cristina de luto do pai que, na agonia, tateava a garrafa salvadora. João inventou um assalto ao trem por dois bandidos mascarados. A outra, Negrinha, ficou boa e voltou para casa. João Nicolau escreveu-lhe carta apaixonada, anunciando o regresso e mandando a sobra do dinheiro para o enxoval da criança. Esta nasceu morta e Negrinha, coitada, não resistiu ao parto. Em despedida cortou para ele um anel dos cabelos.

João Nicolau recebeu-o na cadeia, mais uma vez denunciado pelo Bortolão. Ai de Cristina, grávida e sem recurso.

João condenado pelo juiz a dezoito anos. Cristina vendeu os trastes de Ao Grito da Independência, cozinheira na pensão vizinha à penitenciária. Com o esforço e os maus-tratos abortou. Quando ele soube, incendiou o colchão e atirou-se no fogo, recolhido à enfermaria com queimaduras de segundo grau. Um dos guardas achou graça em Cristina, acenou-lhe com a fuga do marido. Tornou-se amásia do guarda, transferido para outro presídio. Ela grávida de cinco meses. No tempo deu à luz uma menina, que recebeu o nome de Augusta, em memória da avó.

João Nicolau bebeu água de valeta e contraiu tifo. Para sustentar a filha, Cristina foi mulher da vida.

Com o tifo João Nicolau ficou triste e calvo. À noite, sem dormir, lembrava-se ora de Cristina ora de Negrinha. Apalpava o anel de cabelos no barbante encardido. Viva, com os anos estariam brancos — naquele cacho sempre moça, negros como no primeiro dia. Tão fresquinha a água que lhe serviu, ali na cela o odor adocicado de glicínia.

A outra, Cristina, dera-lhe uma fotografia do casamento e, nítido na roupa azul, por que o rosto dela se apagava? Rasgando o retrato, guardou a imagem da noiva: na mancha branca da cabeça distinguia apenas a grinalda e o véu.

No décimo ano perdeu todos os dentes. Sua distração, além da visita de Cristina, era observar os corvos, imaginando onde se abrigavam da chuva. Havia uma palmeira diante da janela: surgiam os botões brancos, e deles, os coquinhos verdes, depois amarelos e, os que o vento não derrubava, negros murchavam na penca — fruto algum seria tão doce. Mas podia você alcançá-lo? Nem ele. Mais que chovesse, um lado da palmeira sempre enxuto. Vez por outra, ele respirava na cela o perfume de glicínia.

Foi libertado aos quarenta e quatro anos. Cristina esperava-o no portão. Abandonara a pensão de mulheres, velha, feia e doente. A filha dava-lhe o braço, não é que bonitinha?

Os três na casa da falecida mãe de João Nicolau. Grande preguiçoso, qualquer incidente o divertia: um corvo que circulava no céu (para onde voa? por que desaparece quando chove?), os cachos dourados de Augusta.

Cristina trabalhava para fora como lavadeira, a filha atendia os desejos de João Nicolau. Machado no ombro, em vez de partir lenha, contava os caracóis na nuca de Augusta — o seu rosto cabia no espaço apagado do retrato.

Cristina deu com a filha na cama de João Nicolau. De noitinha, esquentava a água, lavava-lhe os pés. Depois que os enxugava, a vez do herói banhar na mesma água os pés gordinhos de Augusta. Beijava-os na frente de Cristina — a moça torcia-se de cócega.

Cristina serviu-lhe vidro moído no feijão, sem que desconfiasse; cólicas tão fortes que rolava no chão, língua de fora. João dormia só na cama de casal. Certa noite procurou o anel de cabelos de Negrinha, não achou. Cristina o queimara e, além dele, o próprio retrato.

João Nicolau queixava-se do perfume sufocante de glicínia. Cada vez uma das donas misturava pó de vidro no prato de feijão levado na cama. Urrava de dor, elas cobriam os ouvidos, em fuga para o quintal.

Um dia ele morreu. Foi enterrado pelas mulheres, nem uma chorou. Sem dinheiro para o trem, seguiram a pé rumo à cidade. Deu um pulo a barriga de Augusta, estava para ser mãe.

Quarto de Hotel

Os pardais o acordam de manhã. "Malditos!" gemendo, enterra a cabeça no travesseiro. Malditos pardais — o dia: mais um dia. Quietinho, morde o lençol, abafa os gritos: "Não acordei, estou dormindo. Não são os pardais, mas os grilos..." Quem dera esganar todos os pardais da cidade.

Cabeça nas mãos, repete sempre — "São os grilos, eis que são os grilos." Em vez de abrir a janela, acende a luz.

Onde a coragem de enfrentar o espelho? Sobreviveu ao pior: já faz a barba. Não mais ver aquela cara e, coçando o queixo, interroga-se: "Para quê?" O espelho nunca deu a resposta. Resiste aos dias, com ódio dos pardais. Ah, não piassem com tanta alegria, quem sabe o sol deixe de nascer.

O queixo ensaboado, xinga-se em voz baixa: "Por que não morre?" Ao frio da navalha, os dedos tremem.

Alcança a garrafa, bebe no gargalo. Dos olhos escorrem gotas de amargura, nem sequer lágrimas.

No canto do espelho o retratinho da filha, única maneira de aceitar o próprio rosto. Termina de se barbear e vem-lhe a tentação, nunca antes. De cara limpa, se alguém trouxer Mariinha... Larga a navalha sobre a pia — menor que seja o corte uma sangueira no pescoço.

Havia meses, não sabe quantos, uma discussão com a mulher, isolou-se naquele hotel. Dia seguinte viria suplicar que voltasse... Em vez, mandou-lhe a roupa. Ali está e não transfere camisa e cueca para as gavetas. Não abre a janela, nem esvazia a mala. Sai para o emprego, dele para os bares. Último no escritório, debruçado à mesa, a nuca se arrepia com umas patinhas de aranha: o ódio da mulher.

Primeiros dias a todo instante consulta o relógio. Até que se lembra: não tem mais pressa. Inútil, não lhe dá corda, preso cada manhã ao pulso — nada que fazer. À sombra das árvores ao bar mais próximo. Tudo parece bem, enquanto não se interroga: "Que estou fazendo aqui? Onde a minha casa, Senhor? Que é de minha filha?" Agarra-se aos amigos, um por um se vão. Para todos uma casa a que voltar.

Para ele o quarto de hotel, o elevador caindo no fundo do poço. Discute com os parceiros até que mudam de bar. Sem entender, apega-se a um e outro. Não o deixem só. Não fique só, não terá de pensar.

Bebe, e mais que beba, não menor a aflição. Nunca lê o jornal sobre a mesa, o mundo deixou de interessá-lo. Moscas lhe pousam na mão, sem que as espante. Fixa o retrato de Mariinha, já não pode chorar. Muito esforço, os olhos mal se umedecem — nem uma gota. No bolso um sapatinho de tricô e, em desespero, aperta-o na mão. Assim foi salvo dos dias e da pena de si mesmo.

Conversa pelo telefone com a filha, às vezes a mulher atende: nem uma palavra, um conhece o silêncio do outro. A babá lhe traz a filha na praça. Tão querida e, assustando-a, molha de lágrimas o cabelo. *Lágrima de bêbado...* — diz a mulher. Segue-a uma tarde na rua (mais bonita, dona separada bem se enfeita), não se aproxima: dar-lhe a mão é alisar um sapo. Já trabalha o espírito de Mariinha contra ele, pai ingrato... Perdido no banco de praça, volta-se para a menina, ali o adorando, entre duas lambidas no pirulito:

Cachacinha, não é, pai? — olho fechado, não sabe piscar um só — *De mentira, não é, paizinho?*

Noite velha, rondando a casa, a janela do seu quarto. Certa vez iluminada... a filha doente? A mulher, implacável, deixa-a chorar. Não permite durma de luz acesa, o anjinho medroso da escuridão. Dele se vinga na filha... No retrato, a expressão triste da órfã, quando uma colega pergunta na escola — *Não tem pai, guria?*

Seu caminho do hotel ao emprego, dele ao primeiro bar, desse a outro bar, até que todos os bares se fecham — está só. Nunca mais se embriagou, poupado para sorte pior.

Desde que perdeu o sono, evita se recolher. Mais que bebesse, assim que volta para o quarto e estende-se na cama, os olhos se recusam a dormir. (O sono de repente no bar e cochila sentado, a cabeça na mesa.) Ouve o elevador, chinelos em direção ao banheiro. Tosse da gorducha do 42, pigarro do velho do 49, estrondo das portas. Na penumbra a mala sobre a cadeira. Gavetas do camiseiro vazias. Trocando de roupa, abre e fecha a mala, ainda de viagem. Guardasse as camisas na gaveta, abandonada a última esperança.

Se adormece, preso no elevador. Entra, apertado entre os hóspedes. Cada um diz o andar e a gaiola, em vez de subir, põe-se a descer. Afrouxa a gravata, o elevador não tem respiradouro. Ficou só, os outros se foram, nem percebeu. Inútil o botão vermelho de alarma, a jaula não pára, ao fundo negro do poço...

Acorda, não o seu grito, mas o de Mariinha: *Pai! Paizinho!* De pé, no meio do quarto, o tapete de letras verdes — Lux Hotel. Bate a cabeça na parede: a hora de cobrir a filha ou dar-lhe a chupeta que, olhinho fechado, tateia sem achar. Acende a lâmpada: se a menina ao longe desperta, eis uma luzinha no mundo.

Renuncia a dormir, desde que ela em sossego. Olho aberto, não sonha com o ascensor. Despede-se do retratinho e, mesmo sem fé, reza para morrer aquela noite. Nunca mais ouça os pardais. Dente mole na gengiva, insiste numa frase: "Ilha é uma porção de terra cercada..." Ao menos ficar louco — e outra, dezena de vezes: "Ora, direis, ouvir estrelas. Ora, direis, ouvir..."

Cambaleia pelas ruas, arrasta os pés, tão cansado. Sob a chuva não interrompe a marcha nem apressa o passo. Volta ao hotel, sabe o que o espera. Encosta a cabeça no travesseiro, pronto o rangido da gaiola. Que estranho passageiro transporta à noite, quando todos dormem? Algum hóspede, caixeiro-viajante... Em vão se ilude: no elevador, para o mais fundo, lá vai ele, sozinho. Nem bem fecha o olho, ouve os pardais. Depressa repete não são os pardais, mas os grilos. Não os pardais, mas os grilos.

Às Três da Manhã

Ei-la que borda ao clarão do abajur. Se pudesse aquela noite acabar o trabalho... Olhos cansados, sabe que não deverá dormir. Protegida no quente círculo de luz — o nome chamado pelos retratos na parede. Retratos de mortos, as vozes cochicham na casa sonolenta. Já passou a roupa, escolheu o arroz, pôs água no filtro. E, quando as vozes se calam, escuta os pingos em surdina.

Janelas fechadas, a garrafa do leite diante da porta. Guarda na cestinha a agulha e os fios; com a sombra atrás dela, apaga as lâmpadas da sala e do corredor. No quarto acende a lamparina sobre a cômoda: última luz do mundo.

Reza de joelho, a mão no rosto. Deita-se no canto da enorme cama de casal. A essa hora por onde andam o marido e os filhos? Ergue a cabeça do travesseiro para olhar o copo iluminado. Se na penumbra do quarto ela tivesse uma sombra, não se acharia tão só...

Uns dedos na vidraça: o galho do pessegueiro, com o vento, bate de leve. Assim quisesse conversar; tem dedos descarnados e derruba as folhas, é inverno.

Quando se deita há passos na rua, apitos de trem ao longe, ainda na face o calor do abajur. Suspende a cabeça — os olhos mantêm acesa a lamparina. Basta dormir (e já dorme, tão cansada) que a chama se apaga. No copo o azeite, o pavio novo, mas a chama se apaga. Pode ser o vento ou o marido, o ratinho ou a morte.

Desperta no meio da noite — a hora dos ladrões e que ladrão rouba a sua luzinha? Nenhum passo na calçada, vento não há, o pessegueiro se encolheu. O marido dorme a seu lado, mas ficou só. Os filhos dormem no outro quarto, mas ficou só. Tão grande sossego, reza que não estejam mortos. Nem pode chamá-los... Era doença o aflito bater do coração? Tanto medo que se senta na cama, o dedo na boca: "Por favor, Senhor. Não agora, não no escuro!"

Antes de se deitar, quem sabe o marido soprou o lume. Ou o camondongo afundou o pavio, bebe gulosamente o azeite? Agora roía o silêncio: alguém alerta no mundo. Rói, meu ratinho, é a súplica da mulher.

Nada contarei ao homem. Ele o prenderia na ratoeira, me deixava só. Rói, ratinho. Rói, por favor.

Além do ratinho, os pingos no filtro. Os grossos pingos cada vez mais depressa: o seu coração. O bichinho pára de roer, orelha em pé, assiste a mulher na agonia.

Ela sabe que venceu a crise ao escutar novamente o camondongo. Pode chorar, não há mais perigo. Que as lágrimas enxuguem por si — ergue-se, apalpando a treva. Risca um fósforo depois de outro, acende o pavio.

No criado-mudo o remédio, a colher, o copo d'água. Depois que alumia a lamparina e toma as gotas, nada pode senão vigiar o clarão trêmulo, à espera dos pardais. Geme sem querer, o marido resmunga:

— Não pára de gemer?

— Uma dor no coração...

— Sempre a se queixar.

A voz distante, fala de costas para ela.

— Que passasse a mão nos meus cabelos...

O marido ouve: ...*a mão nos meus cabelos*, e ressona.

Aquela noite estava salva: a luz brilhava no copo. O marido e os filhos dormiam. O galho do pessegueiro na vidraça: Estou aqui, eu também.

Mais um dia para concluir o trabalho. Fácil dar os vestidos e os sapatos. Quem aceita um pano bordado pela metade? Cabeceava, sentada na cama. O ratinho saciado não roía, a água não gotejava, os pardais dormiam entre as folhas. Com o inverno caem as folhas do pessegueiro, os pardais hão de voar para longe. Se eles voarem, ó Deus, quem a despertará de sua morte?

As Maçãs

No portão, Lauro espiou a luz da janela. Toda noite olhava muito a janela iluminada. Entrando, deixou o portão aberto para os cães vagabundos.

Abriu a porta da cozinha, descansou o embrulho na mesa. Viu o bilhete de Sílvia — não era de amor. Sentou-se, chapéu na cabeça. Não acendeu a luz, à espera. Ainda era dor, já não podia chorar. Na penumbra distinguia a louça na pia, adivinhava o jantar de Sílvia. Cascas de maçã... Ela não perdera o apetite. E, antes de erguer-se da cadeira, acender a luz e lavar a louça, deixava pender a cabeça na mesa.

Eu era feliz, repetia, bem que era feliz. A essa hora, deitado com Sílvia na imensa cama de casal. *Que está fazendo?* Quieto, olho fechado. Sílvia ergueu o lençol, surpreendeu-o de mão no peito.

Ah, o riso canalha ao descobrir que estava rezando... Porque feliz agradecia a Deus. Um passeio depois do jantar, lia o jornal na cama e rezava. Enfim dormia, mas não Sílvia, a olhar para o teto.

Lauro chegou mais cedo: a casa deserta. Esperou por ela, sentado à mesa da cozinha, o chapéu ainda na cabeça. Sílvia entrou, com a franjinha desfeita. Diante dele abriu o casaco: estava nua. Desceu a escada, toda vestida, maleta na mão, nem disse adeus.

No mesmo lugar quando ela voltou: o outro não a quisera. Jogou a maleta ao pé da escada. E, para se vingar do amante, contou-lhe o nome. Depois o nome de outros, não fora o primeiro. Nua sob o casaco, deitavam-se em qualquer lugar. Estendeu-se no formigueiro, comida pelas formigas, não se ergueu do chão. Recolheu-os em casa, na cama conjugal.

"Por que, meu Deus?" insistia, em desespero. *Te odeio* — acudiu ela — *eu te odeio*. Odiá-lo, como podia? Sílvia abalava do leito, à janela com falta de ar... "Um chazinho, meu bem?" intrigado, sentava-se na cama. Faminta, no meio da noite, a saquear a geladeira. Quando a mulher se deitava, Lauro dormia de novo, ouvindo os arrotinhos. Como no tempo de noiva, queria saber: *Ainda se vê a marca, Laurinho?* Na testa a cicatriz escondida, ora um cacho, ora a franjinha.

Lauro ergueu a cabeça. Nenhuma torneira pingando. Não mais lançaria os gritos daquela noite. Na banheira, outra vez nua, os pulsos riscados... No delírio chamava o amante.

Trancou-se no quarto, com vergonha dos filhos. Lauro os mandou para casa da tia, noutra cidade, despediu a criada. Apenas os dois na casa; ele dormia no quarto de hóspede.

Entreviu-a na janela, de combinação preta e, ai dele, a franjinha penteada... Acendia o gás, fazia café para os dois. Tomava uma xícara, esgueirava-se à sombra das árvores pela rua deserta.

Trazia uma ou duas maçãs no bolso. Sílvia era louca por maçã verdoenga, que belisca a língua. Espalhava-as no seu caminho. Muitas apodreceram até que, uma noite, tornou a comê-las.

Ele, de regresso, lavava a louça empilhada na pia. Almoçava e jantava só, na mesa nua da cozinha; a toalha suja atirada no canto. Sílvia no quarto, aguardando que ele saísse, para descer a escada. Culpava-o ainda do outro... Partiu jubilosa de maleta na mão, o tipo não a quis. Voltou, falsa arrependida. Não para ele ou para os filhos — outra casa não tinha. Subiu a escada aos gritos: *Te odeio, Lauro. Nunca mais perdôo.*

A maldita dor, ofegando, mão no peito... Já doía menos, envelheceriam naquela casa, cada um no seu quarto.

Enfim apanhou na mesa o bilhete de Sílvia, guardou-o no bolso. Não precisava ler, sabia o que era. Pedia cigarro turco, perfume, verniz para unha... Maçã, trazia por sua conta. Não a odiava, não a ela. E ao outro? Por causa do outro deixou de rezar.

Envelheceria. Os filhos eram homens, dele não careciam. Seu destino na casa de luz apagada, jardim abandonado, janela fechada. Na mesma casa com Sílvia. Sabia quando tinha entrado no banheiro ou na cozinha. Abria a porta e esperava, chapéu na cabeça: o beijo da maçã no escuro ...

Sílvia não queria envelhecer: roía a unha, depois a pintava, roía e pintava de novo. Em vão passeava nua no quarto. E buscava, cada dia, um fio branco na franjinha. Tantos, não poderia arrancá-los. No bilhete anterior não encomendou tintura para cabelo? Rezava pelo perdão dos filhos, chorava diante de seus retratos. E engordava. Com a vida reclusa engordava, os cabelos perdiam o brilho, os olhos seu clarão. Nem um outro, senão ele, havia de querê-la.

Levantou-se da cadeira, retirou a maçã do embrulho, foi até a escada. Voltou à cozinha, acendeu a luz, pendurou o chapéu. Abriu a torneira da pia. A água correu mansamente pelo coração aflito: não estava só.

A Sopa

Subiu lentamente a escada, arrastando os pés. Estacou para respirar apenas uma vez, no meio dos trinta degraus: ainda era um homem. Entrou na cozinha e, sem olhar para a mulher, sem lavar as mãos, sentou-se à mesa. Ela encheu o prato de sopa, colocou-o diante do marido.

Olho vermelho de dorminhoco, o filho saiu do quarto e atravessou a cozinha. O homem batia as pálpebras, embevecido com os vapores capitosos.

— Aonde é que vai?

O filho abriu a torneira do banheiro:

— Fazer a barba.

— Hora da janta. Vem comer.

Demorava-se o rapaz, torneira fechada. Com a toalha no pescoço, não olhou o pai.

— Não quero jantar. Sem fome.

O homem suspendeu a colher:

— Não quer jantar, mas vem para a mesa.

Todas as noites, esfomeado. Enchia a colher, aspirava o caldo de feijão e, fazendo bico nos lábios grossos, tragava-o com delícia. O filho desenhava com o garfo na toalha de flores estampadas. A mulher, essa, contemplava o fogo, mão no queixo.

— Dar uma volta.

O homem sugava ruidosamente e, a cada chupão, o filho revolvia a ponta do garfo no coração das margaridas.

— Saiu agora do quarto, filho de barão! Mas eu... Quando me deitar de dia na cama é para morrer!

A mão do filho abandonou o garfo e não se mexeu.

— Volta cedo, não é?

A voz cansada da mãe, ainda de costas para a mesa. Não sabia ela que, ao defendê-lo, perdia a causa do filho? O homem esvaziou o prato e, descansando a colher, examinou as mãos enrugadas.

— Estas mãos...

Sacudidas de ligeiro tremor.

— ... de um velho!

A mulher apanhou o prato, encheu-o até a beirada. O marido retorceu as pontas úmidas do bigode:

— Você não come?

O filho contornava com o garfo as pétalas na toalha.

— Não estou com vontade.

— Depois o senhor vai para o quarto.

Cheirava a colher e sorvia a sopa, estalando a língua. O filho ergueu-se da mesa.

— O senhor fica sentado. Não tem pão nesta casa?

A mulher trouxe o pão. Ele não o cortava: agarrava-o inteiro na mão e mordia várias vezes; em seguida partia-o em pedaços, alinhados diante do prato, atacando um por um, entre as colheradas.

— Volta cedo, não é, meu filho?

De novo a mãe, nunca aprenderia.

— Agora não vou mais.

O pai dizia a última palavra:

— Uma vergonha! O chefe tem de jantar sozinho. O filho preguiçoso... até para comer. A mulher...

Com seus brados retiniam os talheres.

— ... tem o estômago delicado.

Não se mexeu, curvada sobre o fogão.

— Olhe para mim quando falo com a senhora!

Ela se virou, a enxugar as mãos na saia.

— Depois de velha, melindrosa. Não pode comer com o rei da casa, que lhe sustenta o filho e lhe dá o dinheiro?

— Sabe por que não sento.

Os dois a olharam com espanto, nunca discutiu as ordens do marido.

— Sei não, dona princesa. Pois me conte.

Ele pedia, a colher no ar:

— Perdeu a coragem, que não fala?

Outra vez a mulher deu-lhe as costas.

— Só nojo de você.

Ele começou a soprar, manchava de borrifos a toalha.

— O quê? O quê? Repita, mulher.

A dona abriu o fogão, espertou as brasas, encheu-o de lenha:

— Nada espero da vida. Mas não posso te ver comer. Sei que é triste para a mulher ter nojo do marido. Você chupa a colher se fosse tua última sopa. Come o pão se eu fosse te roubar. Não sei o que fiz a Deus para esse castigo mais desgraçado. Fui boa mulher, ainda que tenha nojo. Lavo tua roupa, deito na tua cama, cozinho tua sopa. Faço isso até morrer. Me peça o que quiser. Não que me sente a essa mesa com você e tua sopa mais negra.

O filho abandonou a cozinha e desceu a escada. Os dois ouviram bater a porta da rua. O marido encarou primeira vez a mulher. Baixou os olhos, cabelos de gordura boiavam no caldo frio. Erguendo um lado do prato, acabou o resto de sopa e lambeu a colher.

Olho de Peixe

Dobrado sobre o guidom, André rebate no peito o vento frio: o pára-choque do ciclista é o peito magro. Curva a cabeça, pedala com fúria sob a garoa — nas rodas giram pequenas lâmpadas coloridas. Raspando de fininho o poste, avança o sinal, desvia o bueiro sem tampa. Enquanto pedalar não sentirá o cansaço.

Olhos à flor do rosto, pequeno e franzino, logo estará febril, com palpitação. Agora corre impávido, forte, colosso, a bandeirinha do clube de futebol ao vento e com a morte na garupa. Apertado entre o bonde e o lotação, o tímido grito de socorro — trin-trin, trin-trin — não se ouve no bruaá das seis horas.

Na rua de barro a casa toda apagada. Sem tirar as presilhas da calça, guarda a bicicleta: montaria fiel, não precisa de água nem feno e, ao toque no selim, dispara em chispa louca.

Trancada a porta — a mulher em visita à sogra? Forceja o trinco, ela o deixou de fora. Na varanda assoma a vizinha, uma trouxa no braço. Finge não vê-la e salta uma janela mal-fechada.

Acende a luz da sala: nem um quadro na parede, nem uma cortina na janela. Corre para o quarto: o bercinho vazio. A cama sem a colcha de crochê, o travesseiro sem fronha. Sobre a penteadeira amontoam-se os potes de creme destampados e, no espelho, ela rabiscou com batom: *Olho de peixe — Não me procure, adeus.*

O amor tem olho de peixe? Um quadro na parede: o retrato colorido da mulher. Se ela carregou os outros, por que não esse? Vai à cozinha, no armário descobre uma garrafa. Guardava-a para a sogra, que não dispensa um e dois copos de vinho. Bate-se atrás do saca-rolha, desde muito é um viúvo. Não acha saca-rolha ou chinelo, calça meia furada, a camisa não tem botão. Afunda a rolha com o dedo, bebe no gargalo.

Metade da garrafa, sente-se melhor. Na sala, intrigado pelo retrato. Não o esqueceu, antes lembrança ou escarmento.

Ali no chão papéis rasgados — os retratos da lua-de-mel. Recolhe os pedaços sobre a mesa nua.

Uma voz chama lá fora. Chega à porta: é a vizinha, o embrulho no braço. Tem um recado, vem ao seu encontro.

— Ela deixou para o senhor.

Entrega-lhe a trouxa por cima da cerca. Com força estreita os cueiros que cheiram a urina. A dona remexe no bolso do avental:

— Isso também.

Exibe a chave e a aliança.

— O vizinho é bom homem. Não se desespere. Ela trazia isso no sangue.

André espia a filhinha dormir, enrolada nos panos.

— Ela e a mãe fizeram algumas viagens. Levaram tudo que puderam. Só teve coração ao deixar a menina.

Estende a criança na cama do casal. Muda a fralda, dá-lhe a chupeta, põe o leite no fogo. Tira do bolso a aliança, agora no dedo magro com a outra. Senta-se à mesa e, engolindo a sardinha com pão, bebe o resto de vinho.

No banheiro respira o corpo de Iolanda. Ela tomou banho... um pouco de espuma na banheira à volta do ralo. Esfrega o espelho embaçado em busca do rosto escondido.

No cabide o roupão vermelho. Dois cabelos crespos no sabonete. Abre o armário, espalha-se um punhado de grampos. Iolanda diverte-se: ele será um homem até que entre no banheiro... Curva-se na pia, vomita o jantar e o vinho. Lava o rosto na água fria e interroga o espelho: Olho de peixe também chora?

Então a criança berra no quarto. O leite ferveu, ele prepara a mamadeira, que a filha sorve gulosamente, apertando-lhe na mãozinha o dedo com duas alianças. O choro dela o salvou, cuidado com as armadilhas da casa. A menina adormeceu, entra na sala. Olha uma por uma as fotografias na mesa, afinal diante do retrato dourado.

Meia hora depois, vai à despensa, arma a espingarda de caça. Torna à sala, aponta à queima-roupa entre os olhos de Iolanda: a mão não treme. Saltam estilhaços de vidro — a filha grita no quarto, a vizinha chama seu nome. Embala a criança, responde através da porta que está bem. A vizinha quer ver se não se feriu, ele aparece à janela.

Vai para o quarto, a menina dorme. Se sobreviver àquela noite estará salvo — a noite mais difícil na vida de um homem, ainda mais na dele, que é de sete meses.

No banheiro apanha o roupão vermelho. Deita-se vestido, as presilhas da bicicleta na calça, a filha de um lado e o roupão de outro.

De vez em quando, ergue a cabeça do travesseiro, olha a criança depois o roupão. Acaricia-o nos dedos trêmulos, ainda úmido do corpo de Iolanda — ai dele, não dormirá aquela noite, não dormirá até a última noite de sua vida.

À meia-noite ouve o chinelinho no corredor — como pode ela, se não tem chave, abrir a porta? E quando cruza a sala, os cacos de vidro estalam.

Às duas da madrugada André senta-se na cama e vê, ali sobre o tapete, a meia de seda enrolada na liga roxa. Às duas e meia, quando olha de novo, já não está.

Às três horas distingue sua voz, ela troca a fraldinha do nenê, o arrulho mais doce.

Às quatro escuta a água no banheiro, costume dela deixar a porta aberta.

E às cinco da manhã dorme a sono solto.

Noites de Amor em Granada

    Durante a tarde ele viu, das oliveiras sobre os montes, chegarem as mulheres, uma atrás da outra. Vinham a que festa, de calçado na mão? Estavam de preto, nas pedras feriam os pés. Tantas, de luto tão fechado, com elas desceu a noite. Ali na praça enfiaram os sapatos imaculados. Desfilam agora diante do café, Pedro as reconhece.

    Os homens escondem o cigarro na palma da mão, de joelhos no próprio cuspo. Alguns dirigem galanteios de enamorado àquela que vem, toda de branco, no frio da noite. Mãos trêmulas empurram-se para tocar a fímbria do vestido. Rosas batem no rosto sem machucá-la, à sua passagem as mães beijam os filhos. Grita um cego lá do café: *Salve a pombinha branca*. Ela inclina a cabeça. Um sorriso a ferida nos lábios. Pedro, apenas ele, sentado à mesa, sem se ajoelhar.

    Na Pensión Don Marcos o jantar às dez da noite. Vagando pelas ruas, não sente o sono de há pouco no café, apenas a fome. Demorou o que pôde, bem sabia o que o esperava. Mais fácil esconder-se no quarto, lembrando os pratos do domingo em casa, não fora o vizinho que tosse. Se não estiver exausto, a tosse no outro quarto o impedirá de dormir.

Mãos aflitas lhe agarram o pé, ele não pára. Se parar, está perdido: os engraxates. Ainda pior são as velhinhas na calçada. Estreita, dá lugar a uma pessoa de cada vez, as velhinhas estão agachadas, um xale preto no ombro. Por mais cansado, não deve pisá-las — são cegas. Esgueira-se no passo de ladrão, elas o descobrem e, sem piscar, giram a cabeça à sua passagem. Não dá nem uma esmola às trinta e duas velhinhas que, embora se dissimule na ponta dos pés, estendem a mão vazia. Há de se distrair com elas até às dez da noite, quando ganhará sua sopa de lentilha. Granada seria mais bela não fossem as velhinhas.

Ele sabe que é seguido desde o café. Enquanto se atardou lá dentro, o outro cruzava a porta, vigiando. Digno senhor, de bengala na mão. Pedro atira o cigarro e, sem se voltar, adivinha que o espião se abaixa e praguejou sete vezes: aprendeu a fumar o cigarro até a última tragada.

Não são dez horas, circulam as jovens ceguinhas de braço dado. Com alegres vozes, sob os balcões desertos, gritam um número de loteria. A mais bonita tem uma rosa encarnada no cabelo e sorri à lisonja dos tipos que, encostados à parede, enrolam o cigarro de palha e cospem. Às dez da noite, Pedro sentar-se-á diante do prato de lentilha e, em Granada, há de dormir.

Entra na Pensión Don Marcos. No fim da escada escura a sala de refeições. Quase dez horas, todos ao redor das mesas beliscam furtivamente o pão preto.

O lugar de Pedro ocupado pelo vizinho que tosse. A patroa, chegando com a primeira terrina, avisa que acolheu novos hóspedes. Ele deve colocar-se à mesa com o outro. Tem fome e não discute diante dos pensionistas, que o espreitam de suas cadeiras. A dona pisca o olho vermelho e indica, no lugar do tossidor, um casal de amantes, dando-se as mãos sobre a mesa sem toalha. *Amor* — cochicha a gorda. Ele concorda e instala-se frente ao vizinho.

O velho roxo de fúria e do esforço de não tossir. Tira do bolso o lenço, fechado dentro da mão, e leva-o à boca, enquanto tosse, sacudindo o ombro. *Desculpe, senhor* — com voz rouca e lágrima no olho. A gorda serviu os dois por último. *Velha suja* — insulta-a pelas costas — *velha alcoviteira!*

Agita-se na cadeira a espiar os amantes que lhe usurparam a mesa. *Amor...* — resmunga e cospe no chão. *Sabe o senhor*, baixou a voz, *que não dormiram a noite inteira?* A patroa enchera o prato de lentilha até a borda, o velho põe-se a comer devagar, como se não tivesse fome, embora recolhesse as migalhas de pão. A sopa fumega, ele nem sopra a colher. De vez em quando, descansa-a para tossir.

Nojo quando falam de amor... — diz ele. *Se amor fosse isso!* De costas para o casal, volta-se na cadeira. *Repare nas olheiras da moça...* O velho engole todo o caldo, cospe no lenço. *Sou velho. Não durmo à noite, mas gosto do silêncio. Batia na parede, eles paravam. Achando que eu tinha dormido, começavam de novo...*

Pedro imagina o velho todo vestido, de boina e manta, tossindo a noite inteira. Tosse de lenço na boca ou enterra a cabeça no travesseiro, erguendo-se às vezes para cuspir na bacia. Se não dorme, carece do silêncio, até que um acesso o faz sacudir a cama de ferro.

A dona pediu o quarto. Era pobre, sem família ou amigo. *É a minha casa*, afirma ele. *Já não tenho o di-*

nheiro da pensão, ainda assim é a minha casa. Nela quero morrer, no meu quarto, na cama com lençol branco. E tosse com o vento encanado do corredor. A gorda deixava as janelas abertas para que o inverno o liquidasse. *Amor*, rolando a palavra na boca, *merda para o amor...* Um ataque de tosse afoga-o e sai da mesa, a apertar no pescoço a manta xadrez.

Com o último pedaço de pão, Pedro sorve a última colher de sopa. Nem um deles dormirá aquela noite: os amantes, o velho, ele. Para ele não haverá amor em Granada. Encolhido na cama, luz acesa por causa do frio, ouvindo a tosse do velho e imaginando as comidas do domingo em casa.

Meu Avô

Vovó finou-se ao lado do fogão, cerzindo meias no ovo de madeira. O velho dava-lhe as costas, um de mal com o outro. O ovo rolou a seus pés... Voltou-se para ela, quietinha na cadeira de palha. Cerzira a meia e, ao levar o fio à boca (tinha todos os dentes aos setenta anos), morreu.

O velho trancou-se no quarto. Batia na parede com o martelo, a cada pancada seguiu-se um grito. Os filhos arrombaram a porta, tomaram-lhe o martelo, não é que enterrava um prego na cabeça?

Vovô comia com a colher. Meu pai cortava-lhe a carne no prato e, ao deitar-se, escondia garfo e faca. O velho levava para o quarto a sua garrafa de vinho, que os filhos enchiam toda noite, misturando-o com água.

Tinha muito medo de açúcar na urina. Antes de enfiar-se na cama, de cachimbo e ceroula, aparava dois barbantes na medida do pulso e tornozelo, verificava na manhã seguinte se o corpo havia inchado.

Dormia bêbado, esquecido da porta aberta... Um dos netos reduzia os barbantes e espalhava açúcar pelo urinol, que amanhecia coberto de formiguinha ruiva.

Saudoso da falecida, jurou privar-se de manteiga o resto dos dias. E manteiga era do que mais gostava, depois de beber. Vovó não se deu por satisfeita; ele a escutava que vinha deitar-se, arrastando o vaso debaixo da cama. A garrafa corria no soalho, gorgolejava um resto de vinho. Os brados de meu avô ecoavam pela casa:

— Suma-se daqui... Já morreu, diaba!

Que tanta mosca ao redor da cama? No velório bem se queixou: *Essa bicha está com cheiro!* E queimava folhas de alecrim no brasido.

O velho achou a navalha de meu pai e, antes que a defunta se deitasse na cama, cortou o pescoço de uma a outra orelha. Sustentando com as mãos a cabeça, seguiu pelo corredor até a cozinha, deitou-se ao pé da cadeira de palha — o sangue verteu que nem chuva debaixo da porta.

Pela manhã, quando foi acender o fogo, mamãe o encontrou. Meu pai suspendeu o velho, encostou-o na parede:

— Pai, pai, sou eu. Pai, me responda. É o Paulo. Tinha de firmar a cabeça, que não rolasse no pescoço.

De volta do enterro, meu pai sentou-se na cadeirinha de palha, o queixo na mão. Foi ao quarto de vovô, achou a garrafa pela metade. Bebeu o vinho azedo, esfregou os dedos no sangue, chamou pelo velho. Conversava com ele no quarto, bem como pai e filho. Mamãe batia na porta:

— Venha jantar, Paulo.

À noite, ele pregou as portas e janelas. E foi dormir bêbado, a mão suja de sangue.

O Autógrafo

    Triste é a hora de comer só. Artur não podia com a longa demora no restaurante, a evitar os olhos dos fregueses solitários como ele. Telefonou à agência, que lhe mandasse uma cozinheira e, de volta a casa, encontrava a comida na mesa. Despedia-se a negra, após lavar a louça.

    Ele comia brutalmente, entre goles de uísque, sem achar gosto nos pratos. Bebendo muito, não conseguia parar. Fácil conter-se nas primeiras doses, entre os amigos, não só, na hora de maior aflição — a do crepúsculo. Entre as sombras adivinhava o outro no apartamento. Se apenas o fantasma do menino perdido, por que a torneira fechada começava a pingar na pia e, sem nenhuma brisa, a cortina do banheiro se agitava? Sentado contra a parede, assim não voltava a cabeça com a sensação do intruso às suas costas. O sentimento do espião, não se iludia, era a angústia de estar só.

Antes da saída da cozinheira, tinha coragem de espiar dentro do guarda-roupa e atrás das portas. Logo chegaria a vez de olhar debaixo da cama. A cara no espelho não era a companhia desejada, nem as baratas que corriam por entre os chinelos quando acendia a luz: encolhia-se o coração medroso sob o pé que o vai esmagar.

Sempre assim, pensava, mordendo um pedaço sangrento de carne, quando a gente precisa do amigo bem que nos abandona. Todas as noites posta a mesa para duas pessoas. Jantava só, não deixava a cozinheira retirar o segundo prato. Comum a noite em que a terra se despovoava. Durante o jantar, era verdade, o telefone tocou. Depressa atendeu — o silêncio foi a resposta. Número errado? Alguém mais estava só aquela noite? Alguém que se contentava em ouvir simplesmente "Alô?"

Com o diálogo frustrado cresceu a aflição, pôs-se a telefonar aos amigos. Não estavam: muito cedo ou muito tarde, ainda não tinham chegado, já tinham saído. Sabia os números de cor. Em último caso consultava a caderneta, impressão de rever filme antigo — todos mortos, andam e falam, mas estão mortos.

Roupas antiquadas, caras lívidas, boquinhas pintadas — a maquiagem das pompas fúnebres. O morto era imediatamente alguém de um tempo remoto.

Por que não esquecia o horror da velha fita de Jean Harlow? Vestido colante de cetim prateado, no canto roufenho o arrepio da voz aposentada do defunto. Contorcia-se, gestos lascivos na tela. Artur quis negar que o excitava. Assistia ao filme com uma amiga (Carmela? Augusta? os nomes fora de moda) e, sem poder esperar, beijara-a na sala escura: sua boca em fogo, a dela fria como um beijo de Jean Harlow.

Aquela noite não tinha escolha. Forçoso apelar para a caderneta e, folheando-a, com tantos e apenas nomes de mulheres (as amigas, segundo o código), um pouco intimidado. Ligou para Leonora, soube que era morta. Havia quatro meses e, antes de discar, ao ver-lhe o nome (uma linha desbotada na página amarela), não se continha de excitação: a voz com que chamava por ela (refizera duas vezes o número) rouca de desejo.

Opondo-se à corrida louca dos anos, registrava os nomes, não as datas, cada vez mais difícil substituir uma amiga perdida — o último sobrevivente do tempo de Jean Harlow. Desesperado, abriu a caderneta: insistiria com todos os nomes (menos o de Leonora) até achar alma irmã e solteira. Muitas amigas, nem todas o haviam perdoado, algumas o esqueceram, a maioria não guardava ressentimento. Quando se apaixonava, implacável: flores, telefonemas, mil gentilezas. Perseguia-as com tal fúria que, por fraqueza, piedade ou tédio, elas se entregavam. Saciado, não tinha dó — reconhecendo a voz no telefone, ele desligava. Não sabiam por que havia começado e quando acabara. Continuava a enviar-lhes flores no aniversário — ainda serviriam para uma noite de solidão.

Noite de solidão como aquela, ó Rita, ó Solange, ó Helena. Saltava a palavra apagada em página amarela. Telefonou a Mariana. Gostaria muito, mas tinha compromisso. Ivone estava noiva. Henriqueta viajando. Alice, quinze dias casada, pediu ligasse na semana seguinte. Deu com o nome de Matilde, quem seria? Pela tinta o registro dos mais recentes. Outra dose, observou da sacada as luzes que acendiam e apagavam nas janelas — fogueiras de náufragos nas suas ilhas desertas. Discou o número, voz feminina atendeu.

— Matilde está?

— Ela mesma. Quem é?

A voz não lhe dizia mais que o nome.

— Como vai, meu bem?

— Quem é... que está falando?

Ansiosa, perdeu o fôlego no meio da frase.

— O Artur, benzinho. Já esqueceu?

— Artur... Tão bom ter chamado!

Se repetia o nome é que estava só. Talvez não fosse casada. A voz subitamente calma — o dom de tranqüilizar as amigas, quando não as irritava.

— Mão no fone para chamá-lo. Cheguei a discar...

A alma irmã na sua solidão: Matilde.

— Saudade do papai? Uma festinha para dois? Boa música e boa bebida, que tal?

— Não quer saber por que desliguei?

Desistiu de identificá-la: voz banal de mulher. Uma aventura de bêbado?

— Claro, meu bem. Conta.

— Mesmo saber?

— Para que o mistério, minha filha?

— Pode fazer tanto mal... sem querer. Melhor não.

— Conta de uma vez.

— Jura que...

— Por Deus do céu.

— Artur, vou ter um filho seu!

Ainda bem o velho coração calejado ao trote dos amigos e aos embates do amor.

— Olha aqui, minha flor. Esse golpe é velho.

— Meu Deus, eu que pensei... Golpe velho a gente descobrir que está só.

O gemido do cachorrinho de castigo lá fora. Artur assustou-se. Era verdade?

— Como é que sou eu o pai?

O silêncio pior que o gemido.

— Alô... alô, você está aí?

— Eu sabia.... — voz queixosa, sem ódio, simplesmente magoada — que ia dizer isso.

— Certeza que o filho é meu?

— Não faz mal, Artur. Bem não queria contar. Única pessoa que não devia saber.

— Espera aí, meu bem, me desculpe. Sei que fui grosseiro. Você não tem dó do coração da gente? Depois de não sei quanto tempo...

A voz, muda.

— ... uma notícia dessas! Foi um choque, pode imaginar.

— O mundo cheio de meninas malvadas, não é?

— Bem, como é que sabe... Está certa que o filho é meu?

— Sei o que pensa. Sou como as outras. Uma vigarista. Não é a palavra que usa?

— Olha aqui, minha flor, desde quando não se pode perguntar? Afinal, não sou o pai?

— Você é, Artur. Agora sabe que é. Por mim, não teria dito. De você nada quero. Mas o filho é seu. Nem podia ser de outro. Nunca houve outro.

Um soluço, a voz se calou. Artur repetindo "Alô, alô, alô?" Engoliu dose dupla. *O filho bem que é seu. Nem podia ser de outro. Nunca houve outro.*

Nas janelas apagavam e acendiam as fogueiras dos náufragos na solidão das ilhas. Todos olhavam para o mar, sem ver a luz do vizinho que pedia socorro. Agitou com o dedo o gelo no copo. Matilde ali na sacada, de costas para ele. Sim, era ela, havia poucos meses...

Ainda não tinha cozinheira e preparava o café da manhã. Vestira um calção para ir à praia. Então o telefone bateu. Como pudera esquecê-la — perdia o fôlego no meio das palavras. Estava na livraria, acabara de comprar seu último romance. O livreiro a informara de que morava ao lado. Talvez pudesse autografar o livro. Admirava-o muito, toda a sua obra. "Pode subir, minha filha" — aquiesceu, com um bocejo. Seria voz doce para que concordasse em recebê-la. "Dê-me dez minutos, minha filha, para fazer a barba." Ela se desculpou, telefonar outra ocasião. "Incômodo não, menina; só dez minutos."

Não que sua voz fosse mais doce. Por causa do sonho. Acabara de estar com Jean Harlow. Sentara-se nos seus joelhos (a cena de cabaré como se dizia outrora) e cantava um *blue*, atraindo-o com mão lasciva e fria... Embora morta, chamava-a de amiga — bem sabia a implicação da palavra. Havia dois anos passava as noites com Jean Harlow, os parceiros não entendiam o frenesi com que substituía um amor por outro: a pressa de limpar da boca os beijos póstumos.

Depois que Matilde telefonou, fez a barba, enfrentando sem piedade o espelho. Tinha princípios — o mais importante barbear-se todos os dias. Descobria-se velho, um dos viúvos de Jean Harlow. Olho quase fechado, carão balofo — bebendo demais. Tremia a navalha e, antes do café, contrariando as regras, serviu-se de uma dose. Gesto algum denunciava tão bem a gratuidade de sua vida: cinco minutos de humilhação diária. Espalhando talco no rosto, repetia toda manhã: "A barba do morto também cresce."

Fervida a água, preparou o café e, quando o despejou na xícara, a campainha tiniu. Atendeu mesmo de calção e camisa; exibir ao escarmento de sua admiradora a pobre figura do escritor. Abriu a porta, era mocinha de costume azul, chapéu e luvas.

— O senhor desculpe. Não sabia... Voltar outra hora.

Achou graça na perturbação da menina, era uma menina.

— Não tenha medo, filha. Acabei de levantar. Vida de solteiro sabe como é.

Podia ver através da luva de crochê que a moça não usava aliança. Dera um passo atrás, o elevador descia.

— Na porta, olhando um para o outro?

— Ah, desculpe.

Não foi além da sala.

— O café esfriando. Aceita uma xícara?

— Não, obrigada.

— Ali o balcão. Mais fresco.

— Por favor, não pense mal. — A mãozinha exibia o livro. — Venho da igreja na praça. A missa de sétimo dia de uma amiguinha.

— Não se chamava Jean Harlow?

— Não... — Sem compreender, jamais ouvira o nome. — Carolina. Fraca do peito, coitadinha. Morava aqui perto.

Não podia tomar o café, sem ser assaltado pelos mortos?

— Passei na livraria. O meu escritor predileto. Não pense mal, vir aqui sozinha...

— Seja boba, minha filha. Um senhor de cabelo branco.

Ela o seguiu até a varanda.

— Aceita o cafezinho?

— Hora do meu almoço.

— Que tal a vista?

Ao longe uma ponta de mar, ora azul ora verde, apertado entre dois edifícios.

— Maravilhosa — disse ela, de costas. — O mar na porta de casa.

A isso reduzido — às admiradoras que achavam maravilhosa a nesga de mar. Finos e branquicentos eram seus braços, o mar longe de casa. Porta aberta do quarto, a cama surgia, lençóis revoltos. Uma das brilhantes manhas de Artur: conduzir as amigas para o balcão, era mais fresco, com vista para o mar — e a cama de casal.

Bebericando o café, ao olhar para a mocinha — seria menor? —, o deslumbramento de sua presença ou, para fazer uma frase, a revelação de uma epifania, no sentido joyceano. Assim diria mais tarde, naquela hora a explicação simples: o uísque antes do café. Ou, mais certo, o sonho com Jean Harlow.

Descansou o livro no peitoril (a capa lamentável, sem destacar o nome), mas não largava o missal. Manhã de calor, embora outono: gotinhas luminosas brilhavam no lábio. O missal sobre o livro, tirou a luva da mão direita.

Não chegou a descalçar a outra luva. Artur colocou a xícara no pires, deu os três ou quatro passos que os separavam, envolvendo-a mansamente nos braços. A moça gemeu, debateu-se um pouco — *Não... não*

... *por favor... o senhor não...* Cobriu-lhe a boca num longo beijo, conduziu-a para o interior.

Depois voltou para a sacada. Diante do café frio, olhou o relógio no pulso: meia hora do toque da campainha. Não se lembrava se teria chorado — e foi ela quem se desculpou, olhinho baixo à porta do quarto:

— O que vai pensar... — tinha chorado, sim, o peito molhado de lágrimas. — Não pense que...

— Ora, minha filha... — girou a xícara e bebeu o último gole. — Nem um de nós tem culpa. Só o seu chapeuzinho mais lindo!

Não chegara a tirar o chapéu e, andando até a sacada, apanhou os livros.

— Estou atrasada.

Machucava uma das luvas na mão esquerda. Ficou apertando a luva o tempo todo.

— Tem caneta, meu bem?

Ela abriu a caneta antes de a entregar. Artur perguntou o nome, escreveu na primeira página — "À amiguinha Matilde, do seu admirador."

— Quantos anos tem, Matilde?

Sem ler a dedicatória:

— Dezoito.

Ele não traiu os princípios. No corredor o número do telefone, com a promessa do dia seguinte. O elevador vazio, não a beijou — temia que negasse a boca.

— Adeusinho, bem.

Apertou o botão e fechou a porta. Enquanto a cabina desceu, ela o observou pela vigia. Com a caneta de Matilde na mão. Além do que lhe davam, subtraía sempre alguma coisa. Certo de que na rua ela se voltaria, para fitar a janela e — se Artur ali estivesse — acenar com a mãozinha enluvada. Não foi à varanda, soubesse desde logo quem era. Não telefonou no dia seguinte, nem no outro. Cultivando dor-de-cotovelo por Marina. Ou Solange?

Três ou quatro meses depois, a notícia brutal. Pobre Artur, pobre Artur, repetia consigo. Pobrezinha da menina? Naquele estado, nem sequer o procurou: mocinha de caráter e a qualidade que mais apreciava era o caráter.

Discou novamente. Ela atendeu depressa — e adivinhou que não saíra do lugar.

— É você, meu bem? Está melhor? Que fazendo?

— Pensando.

— Quer deixar que eu pense por nós dois?

— Artur, se eu pudesse dormir. Não sei o que é fechar os olhos e esquecer.

— Estou perdoado?

— Você é como é, querido Artur.

— De acordo, o filho é meu. Mais feliz agora? Por favor, tenha pena de mim. Me perdoa, não é? Tão desajeitado. Nem todo dia a gente vai ser pai... Alô, alô, você está aí? Meu bem, seja boa menina. Não vai perder a calma, não é?

— Não vou perder, não, querido Artur. Não pretendo fazer loucura. Deixar bilhete com o seu nome. Mamãe chateia que eu diga quem é... Quem é o pai. Sou boa menina. As boas meninas não confessam, não é, Artur?

— Ressentida, filha, isso passa! O velho Artur tem experiência. Voltará a ser como antes. Basta que seja menina obediente.

— Não fui obediente, querido Artur?

— Foi, sim. Agora faça o que eu disser. Tudo o que eu pedir?

— Tudo o que pedir, querido Artur.

— Pare de me chamar querido Artur... Sabe o que quer dizer — tudo?

— Querido Artur. Você me reservava a última surpresa.

— Única solução, meu bem.

— Única?

— Sim, é a solução. De quantos meses, meu bem? Alô, está ouvindo?

— Estou.

— Primeiro um remédio. É inofensivo...

— Não precisa dar nenhum remédio. Tenho esse remédio aqui na gaveta.

— Nome de Deus, por que na gaveta? Por que não tomou?

— Não tive coragem.

— Por que não, ora essa?

— Não posso. É capaz de entender? Só isso — não posso!

— Me desculpe, estou nervoso. Escute bem. É tarde para esse remédio. Sei de um médico, é meu amigo. Não se preocupe com despesa. Aqui o papai... Alô, alô, você está aí?

Escutou o coração no pulso — o relógio dele ou dela?

— Meu amor, não desligue. Me deu um susto. Preste atenção, filha. Não deve ter medo... É o que se faz todos os dias. Alô, alô, você está aí? Sei que está aí pelo seu silêncio! Olhe, meu bem. Gosto muito de você, não posso acompanhá-la. Terá de ir só... É médico muito bom. Senhor de idade... Alô, alô, você está aí?

A vigarista — urrou, batendo o telefone —, para cima de mim! Serviu-se de dose dupla: não poderia dormir senão bêbado. *Não sei o que é fechar os olhos e esquecer.* O tinir do gelo o apaziguou: vigarista não era. Reconhecia uma pessoa justa quando a encontrava. Por que havia de querer a criança? Todo filho uma prova contra o pai. Lembrou-se do missal — *Não posso, Artur. Só isso: não posso.*

Outra dose, desta vez sem gelo. Não estivesse velho e cansado, muito a ensinar-lhe. Ainda era tempo: podia ser feliz, quem sabe, com Matilde. Na sua boca esqueceria para sempre os beijos de Jean Harlow. Foi até a sacada, janelinhas não paravam de acender e apagar, as fogueiras dos selvagens na ilha de Robinson. Não era ele um canibal que devorava o coração sangrento da amiga? De qual delas o espreitava, no vestido de cetim dourado, a lúbrica e mil vezes morta Jean Harlow?

Um pobre solitário, simplesmente dormir em paz (*não sei o que é fechar os olhos e esquecer*). Telefonar a uma amiga, convidá-la para festinha a dois, beber alguns tragos, dançar na sala em penumbra... Só a ele aconteciam as Matildes, os parceiros dariam gargalhadas. *Golpe velho a gente descobrir que está só.* Contador de histórias, saberia obter efeito brilhante: imitava as vozes, descrevia o chapéu, o missal na mão enluvada... Imagine, ela segurou a luva o tempo todo. Simples caso de sedução, em que fora o seduzido. Não era José diante da mulher de Potifar? *Fui boa menina, querido Artur, menina obediente?*

Procurou o lápis para anotar uma frase. Bebendo, não se lembraria no dia seguinte — a caneta de Matilde? O menos que poderia fazer, se não quisesse ir ao médico (e contou nos dedos o número de meses), devolver-lhe a caneta. Enviá-la pelo correio, sem cartão — *Mamãe chateia que eu diga quem é.*

Tenho esse remédio na gaveta. Por que na gaveta? Tranqüilizá-la, jurar que nada estava perdido, tudo seria como antes. Por que na gaveta? Por que não o tomou?

Agora convencido de que se referia a outro remédio — não ao dele.

Não tinha culpa, o falso pretexto do autógrafo. Iria à missa de sétimo dia da amiguinha? *Você me reservava a última surpresa.*

Não telefonou a Matilde e sim ao doutor. Saber se ainda era tempo. Fechou os olhos para sonhar com Jean Harlow, mais prudente esperar que ela chamasse. Inútil ter pressa. O médico dissera que muito tarde, mas ele conhecia outro médico.

Últimos Dias

Nhá Rita se negou a sair da cama.

— Que a senhora tem, mãe?

Queixou-se do pé frio, não podia com a perna. Chamado o médico, que a examinou demoradamente: não era doença, mas a idade. Fazer o sangue circular, sair do quarto, tomar sol no quintal.

— Essa menina... Nem me penteia para receber visita. É minha vergonha, doutor.

Brigava com a filha; segundo ela, expulsa da cama, que lhe voltassem as varizes. Se Clara insistia demais, ela erguia-se, ajudada por Durval, empurrando as mãos da filha. Durval levava-a até a cozinha, ao lado do filtro, onde ela escolhia arroz. Não falava, quieta como a punham, torta na cadeira, os pés envoltos no cobertor. Do seu canto vigiava.

— Feche a porta, Durval. Tem vento encanado.

Arreliava-se, estalando a língua. Falara com o filho, descuidosa do voto de silêncio. Cabeceava, a enrolar um cigarro de palha, emburrada com o vento que espalhava o fumo.

— Não fique na cama, nhá Rita. Venha se esquentar ao sol.

— Tem sol não, Durval. Seja mentiroso.

Resmungando, arrastava-se com a mão na parede até o canto, sentadinha na cadeira de palha. Não falava durante horas, ao lado do filtro, a escutar o relógio de água. Apenas a mão direita remexia no monte de arroz: as pontas bem tortas, de unhas violetas, separavam os grãos falhados.

Enjeitava a sopinha de legume. Clara obrigada a levar-lhe a colher aos lábios. A caveira irrompia sob o rosto, o buraco negro da boca, o beiço roxo. Entre as rugas dois pontos lisos: olhos azuis.

Tão fraquinha, não podia ir ao banheiro. Nádega enxuta, ao erguer-se, nela se colava o urinol. Choramingava, a filha viesse acudir.

— Clara, me machuca. Cruzes! Tanto belisca...

— Quero seu bem, mãe.

De mão posta que a abandonassem no quarto. Não se levantava, a janela fechada.

— Não preguei olho esta noite.

De noite Clara chegava-lhe a botija quente aos pés: a mãe dormia. Com a doença, deixara de roncar; agora de boca cerrada, soprando ruidosa pelo nariz.

A filha acendia a luz, nhá Rita protegia os olhos com a mão. A sombra no rosto, fitava o retrato na parede.

— Leve esse homem daí.

— É papai.

— Que sou boba? Acha, Clara? O finado não era assim.

O finado espiava as suas vergonhas.

— Nunca viu, bem-te-vi? É perna de velha.

O filho a encontrou soluçando, o rosto escondido na parede.

— Clara me deixou só. Não cuida de mim.

Durval afagou-lhe a mão, beijou o ninho de veias azuis.

— Veja, meu filho.

Abriu a boca:

— O tal me roubou os dentes.

Indicava o retrato de moldura oval.

— Tire os bichos, meu filho.

Ele apalpou os lábios murchos.

— Onde é que estão?

Desconfiada de que pudesse ser a filha.

— Então não vê?

— Ah, aqui no tapete. Já buscar a vassoura.

Esmagava-os sob o chinelo:

— Morre, bicho ruim!

Trazia a vassoura, varria o tapete, de joelho sondava debaixo da cama.

— Tem bicho aí, mãe?

— Bobo que é, Durval.

Nhá Rita espreitava o retrato. Xut! abanando a mão seca.

— Esse passarinho na cama.

Bradava pela filha.

— Espanta ele, Clara.

A outra veio com uma toalha. Nhá Rita de olho na cortina.

— Sai, passarinho!

Consultou a mãe, olho fechado.

— Saiu, mãezinha?

Ofendida, a mão no queixo:

— Sou boba, Clara? Enxote com a vassoura.

Clara pegava da vassoura, batia na sanefa.

— Saiu?

Quando a filha chegava à porta:

— Pulou em cima da penteadeira!

O médico não a auscultava com sua cabeça perfumada.

— Pudera não ter nojo de mim.

Falava com o retrato:

— Ela quer que eu fique imunda.

Durval sentava-se a seus pés, alisava as dobras do lençol.

— Ih, meu filho, tanta vergonha.

— Por que, mãe?

— Clara não levou o penico. Escondeu debaixo da cama. Um cheiro no quarto. Você não sente?

— Não, mãe.

— Não minta, Durval. Ninguém agüenta o fedor.

A filha entrava com o caldo de galinha. Nhá Rita fazia careta.

— Minha filha me bate. Só judia de mim.

— Tome a sopinha, mãe.

— O quarto uma sujeira.

— Não está, mãe. Limpei a senhora e varri o quarto.

— Ah, não se pode mais falar.

Piscava o olho para Durval: "Veja só. Que bruxa!" Com a outra no quarto, não quis tomar a sopa. Ela saiu, nhá Rita botou a língua.

— Capaz de me bater.

Na fresta da porta Durval distinguia o olho vermelho da irmã.

— Prove a sopinha, mãe.

— Ai, meu filho, não adianta. Como sarar se tem uma pedra no travesseiro? Essa mulher que pôs.

Observou a cortina, um aceno com dois dedos.

— Que é, mãe?

— O passarinho.

Durval armava-se da vassoura.

— Não pára de cantar. Ao redor da minha cabeça.

Vigiava a porta, sem ver o olho de Clara.

— Ele não me deixa dormir. Mas a tal nem liga.

Abafando a voz:

— É dela o passarinho.

A filha ajeitou-lhe os travesseiros:

— Melhor, assim?

— Não tem o que melhore.

— Tem, sim.

— Não tem, não.

O médico julgava inúteis as visitas.

— Como vai, dona Rita?

— Mal, doutor. Meu corpo uma chaga só.

— De estar na cama, dona Rita. Tem de levantar. Sentar na cadeira. Apanhar sol no quintal.

— Vou morrer, doutor.

Ele insistia que a afastassem do quarto. Nhá Rita não tinha doença.

— Tristeza que deu.

— Não deixe a velhinha deitada.

— Salve ela, doutor. Só fala em morte.

— Nada posso fazer.

Clara suspendia a mãe nos braços.

— Quer me arrancar a pele? Ó filha desalmada!

Perseguia-lhe os pés com a botija.

— Ai, você me judia. Tenha dó de quem vai morrer.

Clara chorava, uma lágrima pingou na mão de nhá Rita, que a enxugou com nojo na coberta. Clara a esfregava com álcool: a velhinha tão mirrada, o álcool queimava. Espargia-lhe talco pelo corpo.

— Ó, sua tapeadeira. Para não me limpar, cobre com pó-de-arroz.

Queixou-se de uma bola nas costas. Clara foi olhar, a mãe ergueu o punho descarnado, bateu-lhe duas vezes no rosto.

— Chore, bandida!

A filha soluçava ao lado da cama.

— Mulher diaba! Chega de mostrar minhas vergonhas para ele.

Ele, o finado.

Jazia na penumbra, o braço direito na colcha de crochê e o esquerdo dobrado, a mão no queixo — olho perdido nas moscas. Contava-as: sempre sete.

— Reparou, meu filho? Não veio me ver. Espertinha, a Clara. Ela pensa: a velha definhou, tem alguma doença. Medo de pegar.

Coçava a mão devagarinho no peito.

— Dói, mãe?

— Dói, meu filho. Ninguém liga.

Espionando a porta.

— Que é, mãe?

— Essa mulher não me deixa em paz.

— Sopinha de cenoura, mãe.

Clara sorvia uma colherada, estalava a língua.

— Hum, que boa.

— Tome você!

Enjeitava a menor migalha e o mínimo gole.

— Ai, não desce.

Aflita por uma gota na camisola:

— Ela me fez derramar.

Nhá Rita erguia o braço, cheirava a manga.

— Hum, como fede!

Um pé fora da cama.

— Ir no penico.

Não via o olho vermelho na fresta.

— Essa bicha finge que troca a roupa. Sabe o quê? Vira o colchão atrás de dinheiro.

Puxava a manga sobre o pulso ressequido. Clara costurou rendas na camisola com que a mãe recebia o médico.

— Tire o pó da penteadeira. Deu milho para as galinhas? Quantos ovos recolheu?

A filha estendia os cobertores, quase uma cama vazia: o maior volume era da botija.

— O pé quente, mãe?

— Ah, não me aborreça.

Clara, enfiando a mão sob a coberta, apalpava o pezinho gelado. Nhá Rita escondeu o rosto.

— Me acuda!

Falava através do lençol, úmido no lugar da boca.

— Que chame o médico?

Surgiu a cabeça, pupilas de febre:

— Não, não quero — e já se cobria. — Tenho vergonha.

A cama rodeada de parentes e vizinhos, a mosca da morte no rosto de nhá Rita.

Durval a encontrou sentada, uma fita em cada trança, espelho na mão.

— Acha que sou feia, meu filho?

— Feio sou eu, mãe.

— Já fui bonita. O finado louco por mim.

Bulia na fita branca, afastava o cabelo da testa.

— Ela pensa que não vi.

Contar-lhe o segredo no ouvido:

— Guardou meu chinelo. Teve coragem, sendo minha filha. Tirou o chinelo de baixo da cama. Escondeu no guarda-roupa.

Unhas roxas no braço de Durval:

— Certo que vou morrer?

A porta do quarto não era fechada, visitas entrando e saindo. Por ela insinuava-se da janela da sala um raio de sol, para o qual nhá Rita espiava. Sempre a mão no queixo, olho parado na réstia.

A filha colocou sobre a cômoda a imagem de Nossa Senhora. Nhá Rita distraía-se com a lamparina no copo. O pavio chiava no fim do azeite, acordava as sombras nos cantos. Contava o dia e a noite pelo copo iluminado. De dia passava melhor, sentava-se sozinha, aceitava um caldinho. Pedia o espelho, reinava com a trança. Examinava a manga da camisola, se não tinha mancha. À noite, piorava. Cada vez menor sob o lençol. A caveira mordia a pele enrugada, pêssego murcho a se crispar em volta do caroço.

Clara enxugava-lhe o suor do rosto, alisava o cabelo ainda negro. Nhá Rita erguia-se, mão fora da coberta, olho arregalado. A filha deitava-a, cobria-lhe os braços. Ela gemia: ai, ai.

— Onde é que dói, mãe?

Não respondia, um gesto sobre o corpo inteiro.

A outra arrastava devagarinho o chinelo, não entornar café no pires. Se derramasse, a velha não queria.

— Cafezinho, mãe?

— Não me engana. — Com raiva: — Culpa tua. Morro por tua culpa, me largou na sujeira. Para fora, sua bruxa!

A filha chorava de pé na sala.

— Onde está? Te dou na cara, diaba.

Dobrava-se entre gemidos.

— Ai, que dor!

Indiferente às visitas debruçadas em torno da cama. De costas, mão no queixo, vigiava a cortina.

— Xut, passarinho!

Durval com a vassoura para o enxotar, que se desvanecia atrás da Nossa Senhora.

Nhá Rita gemia no fundo da cama; a mão no lençol escolhia arroz, a separar o falhado e o preto. Fugia-lhe a boca sob o queixo pontudo.

— De nariz fino. Está nas últimas...

Os netos beijavam a ponta dos dedos, tocavam a testa de nhá Rita. Não morria, à espera do filho em viagem. Gesto a Durval que se inclinasse:

— Viu, o sapato novo de Clara? Para o enterro.

Quem sabe levasse dias, preveniu o médico, entre a vida e a morte. Os filhos solenes, de paletó, discutiam o preço do terreno no cemitério.

Durval afagava a mão diáfana.

— Tão envergonhada. Morrer suja.

Sem força de ir ao urinol. A cama, depois de limpa, forrada de papel. Durval abanava a mãe, que sentia falta de ar. Ao encostar-lhe a botija nos pés:

— Chega de sofrer!

Recusou o padre, de mal com Deus, não a deixava morrer. As fontes afundavam, o nariz afilava-se, o cabelo colado de suor frio na testa. Enterrava-se na cama, a mão retorcida e chata, uma flor bordada no lençol.

Na cozinha Clara costurava a mortalha para criança de nove anos. Nhá Rita ouvia a bulha da máquina, sem enxergar o filho que lhe apertava a mão, em fogo de manhã, gelada durante a noite. O rosto cobria-se de sombras, o passarinho a esvoaçar. Já não era a mãe — uma coisa que sofria, aquele ronco na garganta.

Nhá Rita arregalou o olho. O filho chegou-lhe o espelho à boca: estava morta.

Penélope

Naquela rua mora um casal de velhos. A mulher espera o marido na varanda, tricoteia em sua cadeira de balanço. Quando ele chega ao portão, ela está de pé, agulhas cruzadas na cestinha. Ele atravessa o pequeno jardim e, no limiar da porta, beija-a de olho fechado.

Sempre juntos, a lidar no quintal, ele entre as couves, ela no canteiro de malvas. Pela janela da cozinha, os vizinhos podem ver que o marido enxuga a louça. No sábado, saem a passeio, ela, gorda, de olhos azuis e ele, magro, de preto. No verão, a mulher usa um vestido branco fora de moda; ele ainda de preto. Mistério a sua vida; sabe-se vagamente, anos atrás, um desastre, os filhos mortos. Desertando casa, túmulo, bicho, os velhos mudam-se para Curitiba.

Só os dois, sem cachorro, gato, passarinho. Por vezes, na ausência do marido, ela traz um osso ao cão vagabundo que cheira o portão. Engorda uma galinha, logo se enternece, incapaz de matá-la. O homem desmancha o galinheiro e, no lugar, ergue-se cacto feroz. Arranca a única roseira no canto do jardim. Nem a uma rosa concede o seu resto de amor.

Além do sábado, não saem de casa, o velho fumando cachimbo, a velha trançando agulhas. Até o dia em que, abrindo a porta, de volta do passeio, acham a seus pés uma carta. Ninguém lhes escreve, parente ou amigo no mundo. O envelope azul, sem endereço. A mulher propõe queimá-lo, já sofridos demais. Pessoa alguma lhes pode fazer mal, ele responde.

Não queima a carta, esquecida na mesa. Sentam-se sob o abajur da sala, ela com o tricô, ele com o jornal. A dona baixa a cabeça, morde uma agulha, com a outra conta os pontos e, olhar perdido, reconta a linha. O homem, jornal dobrado no joelho, lê duas vezes cada frase. O cachimbo apaga, não o acende, ouvindo o seco bater das agulhas. Abre enfim a carta. Duas palavras, em letra recortada de jornal. Nada mais, data ou assinatura. Estende o papel à mulher que, depois de ler, olha-o. Ela se põe de pé, a carta na ponta dos dedos.

— Que vai fazer?

— Queimar.

Não, ele acode. Enfia o bilhete no envelope, guarda no bolso. Ergue a toalhinha caída no chão e prossegue a leitura do jornal.

A dona recolhe na cestinha o fio e as agulhas.

— Não ligue, minha velha. Uma carta jogada em todas as portas.

O canto das sereias chega ao coração do velho? Esquece o papel no bolso, outra semana passa. No sábado, antes de abrir a porta, sabe da carta à espera. A mulher pisa-a, fingindo que não vê. Ele a apanha e mete no bolso.

Ombros curvados, contando a mesma linha, ela pergunta:

— Não vai ler?

Por cima do jornal admira a cabeça querida, sem cabelo branco, os olhos que, apesar dos anos, azuis como no primeiro dia.

— Já sei o que diz.

— Por que não queima?

É um jogo, e exibe a carta: nenhum endereço. Abre-a, duas palavras recortadas. Sopra o envelope, sacode-o sobre o tapete, mais nada. Coleciona-a com a outra e, ao dobrar o jornal, a amiga desmancha um ponto errado na toalhinha.

Acorda no meio da noite, salta da cama, vai olhar à janela. Afasta a cortina, ali na sombra um vulto de homem. Mão crispada, até o outro ir-se embora.

Sábado seguinte, durante o passeio, lhe ocorre: só ele recebe a carta? Pode ser engano, não tem direção. Ao menos citasse nome, data, um lugar. Range a porta, lá está: azul. No bolso com as outras, abre o jornal. Voltando as folhas, surpreende o rosto debruçado sobre as agulhas. Toalhinha difícil, trabalhada havia meses. Recorda a legenda de Penélope, que desfaz de noite, à luz do archote, as linhas acabadas no dia e assim ganha tempo de seus pretendentes. Cala-se no meio da história: ao marido ausente enganou Penélope? Para quem trançava a mortalha? Continuou a lida nas agulhas após o regresso de Ulisses?

No banheiro fecha a porta, rompe o envelope. Duas palavras... Imagina um plano: guarda a carta e dentro dela um fio de cabelo. Pendura o paletó no cabide, o papel visível no bolso. A mulher deixa na soleira a garrafa de leite, ele vai-se deitar. Pela manhã examina o envelope: parece intacto, no mesmo lugar. Esquadrinha-o em busca do cabelo branco — não achou.

Desde a rua vigia os passos da mulher dentro de casa. Ela vai encontrá-lo no portão — no olho o reflexo da gravata do outro. Ah, erguer-lhe o cabelo da nuca, se não tem sinais de dente... Na ausência dela, abre o guarda-roupa, enterra a cabeça nos vestidos. Atrás da cortina espiona os tipos que cruzam a calçada. Conhece o leiteiro e o padeiro, moços, de sorrisos falsos.

Reconstitui os gestos da amiga: pó nos móveis, a terra nos vasos de violetas úmida ou seca... Pela toalhinha marca o tempo. Sabe quantas linhas a mulher tricoteia e quando, errando o ponto, deve desmanchá-lo, antes mesmo de contar na ponta da agulha.

Sem prova contra ela, nunca revelou o fim de Penélope. Enquanto lê, observa o rosto na sombra do abajur. Ao ouvir passos, esgueirando-se na ponta dos pés, espreita à janela: a cortina machucada pela mão raivosa.

Afinal compra um revólver.

— Oh, meu Deus... Para quê? — espanta-se a companheira.

Ele refere o número de ladrões na cidade. Exige conta de antigos presentes. Não fará toalhinhas para o amante vender? No serão, o jornal aberto no joelho, vigia a mulher — o rosto, o vestido — atrás da marca do outro: ela erra o ponto, tem de desmanchar a linha.

Aguarda-o na varanda. Se não a conhecesse, ele passa diante da casa. Na volta, sente os cheiros no ar, corre o dedo sobre os móveis, apalpa a terra das violetas — sabe onde está a mulher.

De madrugada acorda, o travesseiro ainda quente da outra cabeça. Sob a porta, uma luz na sala. Faz o seu tricô, sempre a toalhinha. É Penélope a desfazer na noite o trabalho de mais um dia?

Erguendo os olhos, a mulher dá com o revólver. Batem as agulhas, sem fio. Jamais soube por que a poupou. Assim que se deitam, ele cai em sono profundo.

Havia um primo no passado... Jura em vão a amiga: o primo aos onze anos morto de tifo. No serão ele retira as cartas do bolso — são muitas, uma de cada sábado — e lê, entre dentes, uma por uma.

Por que não em casa no sábado, atrás da cortina, dar de cara com o maldito? Não, sente falta do bilhete. A correspondência entre o primo e ele, o corno manso; um jogo, onde no fim o vencedor. Um dia tudo o outro revelará, forçoso não interrompê-la.

No portão dá o braço à companheira, não se falam durante o passeio, sem parar diante das vitrinas. De regresso, apanha o envelope e, antes de abri-lo, anda com ele pela casa. Em seguida esconde um cabelo na dobra, deixa-o na mesa.

Acha sempre o cabelo, nunca mais a mulher decifrou as duas palavras. Ou — ele se pergunta, com nova ruga na testa — descobriu a arte de ler sem desmanchar a teia?

Uma tarde abre a porta e aspira o ar. Desliza o dedo sobre os móveis: pó. Tateia a terra dos vasos: seca. Direto ao quarto de janelas fechadas e acende a luz. A velha ali na cama, revólver na mão, vestido branco ensangüentado. Deixa-a de olho aberto.

Piedade não sente, foi justo. A polícia o manda em paz, longe de casa à hora do suicídio. Quando sai o enterro, comentam os vizinhos a sua dor profunda, não chora. Segurando uma alça do caixão, ajuda a baixá-lo na sepultura; antes de o coveiro acabar de cobri-lo, vai-se embora.

Entra na sala, vê a toalhinha na mesa — a toalhinha de tricô. Penélope havia concluído a obra, era a própria mortalha que tecia — o marido em casa.

Acende o abajur de franja verde. Sobre a poltrona, as agulhas cruzadas na cestinha. É sábado, sim. Pessoa alguma lhe pode fazer mal. A mulher pagou pelo crime. Ou — de repente o alarido no peito — acaso inocente? A carta jogada sob outras portas... Por engano na sua.

Um meio de saber, envelhecerá tranqüilo. A ele destinadas, não virão, com a mulher morta, nunca mais. Aquela foi a última — o outro havia tremido ao encontrar porta e janela abertas. Teria visto o carro funerário no portão. Acompanhado, ninguém sabe, o enterro. Um dos que o acotovelaram ao ser descido o caixão — uma pocinha d'água no fundo da cova.

Sai de casa, como todo sábado. O braço dobrado, hábito de dá-lo à amiga em tantos anos. Diante da vitrina com vestidos, alguns brancos, o peso da mão dela. Sorri desdenhoso da sua vaidade, ainda morta...

Os dois degraus da varanda — "Fui justo", repete, "fui justo" —, com mão firme gira a chave. Abre a porta, pisa na carta e, sentando-se na poltrona, lê o jornal em voz alta para não ouvir os gritos do silêncio.

Este livro foi composto na tipologia Minion, em corpo 13/19, e impresso em papel off-set 90g/m² no Sistema Cameron da Divisão Gráfica da Distribuidora Record.